"一带一路"沿线国家经典诗歌文库
（第一辑）

主编　赵振江
副主编　蒋朗朗　宁琦　张陵

巴林诗选

王复　编译

作家出版社

译者王复

王复

《今日中国》杂志阿拉伯文版原主编。

一九六九年毕业于北京大学东方语言文学系阿拉伯语专业。

一九七九年至一九八一年，公派巴格达大学文学院进修。一直从事阿拉伯语的对外宣传工作，二〇一二年退休。阿拉伯语译审。现任全国翻译专业资格（水平）考试专家委员会阿拉伯语专家委员会副主任。被国家语言文字工作委员会聘为外语中文译写规范部际联席会议专家委员会专家。中国翻译研究院阿文项目专家，中国文化译网国家工程阿拉伯语专家委员会专家。

一九九二年，荣获中央直属机关"巾帼建功"先进个人奖；一九九四年，荣获黎巴嫩文学翻译奖；一九九六年，享受国务院颁发的政府特殊津贴；二〇〇五年，荣获中央直属机关五一劳动奖章；二〇〇八年，荣获中国新闻出版总署颁发的中国出版荣誉纪念章；二〇〇九年，荣获全国三八红旗手荣誉称号；二〇一一年，荣获中国翻译协会资深翻译家荣誉证书；二〇一四年，荣获首届中国现代文学国际翻译大赛阿拉伯语一等奖。

出版发表了八十部左右中阿互译的书籍和论文。现在仍担任着重要外宣书文的翻译和定稿工作以及《大中华文库》的审读工作。

目　录

总　序

　　二〇一三年秋，习近平主席先后提出建设"丝绸之路经济带"和"二十一世纪海上丝绸之路"（简称"一带一路"）的倡议。"一带一路"一经提出，便在国外引起强烈反响，受到沿线绝大多数国家的热烈欢迎。如今，它已经成了我们在政治、经济和文化生活中最具活力的词汇。"一带一路"早已不是单纯的地理和经贸概念，而是沿线各国人民继往开来、求同存异、构建人类命运共同体的幸福路、光明路。正如一首题为《路的呼唤》[1]的歌中所唱的：

> ……
>
> 有一条路在呼唤
>
> 带着心穿越万水千山
>
> 千丝万缕一脉相传
>
> 注定了你我相见的今天
>
> 这一条路在呼唤
>
> 每颗心都是远洋的船
>
> 梦早已把船舱装满
>
> 爱是我们共同的家园
>
> ……

　　习主席关于构建人类"政治互信、经济融合、文化包容的利益共同体、命运共同体和责任共同体"的主张是人心所向，众望所归。联合国将"构

1　《路的呼唤》：中央电视台特别节目《一带一路》主题曲，梁芒作词，孟文豪谱曲，韩磊演唱。

建人类命运共同体"写入大会决议，来自一百三十多个国家的约一千五百名贵宾出席二〇一七年五月十四日在北京举行的"一带一路"国际合作高峰论坛，就是最有力的证明。

在国与国之间，政治互信、经济融合、文化包容的基础在民心，而民心相通的前提是相互了解和信任。正是出于这样的理念，我们决定编选、翻译和出版这套"'一带一路'沿线国家经典诗歌文库"，因为诗歌是"言志"和"抒情"最直接、最生动、最具活力的文学形式，诗歌最能反映大众心理、时代气息和社会风貌。"'一带一路'沿线国家经典诗歌文库"是加强沿线各国人民之间相互了解和信任的桥梁。

"'一带一路'沿线国家经典诗歌文库"的创意最初是由作家出版社前总编辑张陵和中国诗歌学会会长骆英在北京大学诗歌研究院院会提出的。他们的创意立即得到了谢冕院长和该院研究员们的一致赞同。但令人遗憾的是，在本校的研究员中只有在下一人是外语系（西班牙语）出身，因此，他们就不约而同地把这套书的主编安在了我的头上。殊不知在传统的"一带一路"沿线国家中，没有一个是讲西班牙语的。可人家说："一带一路"是开放的，当年"海上丝绸之路"到了菲律宾，大帆船贸易不就是通过马尼拉到了墨西哥吗？再说，巴西、智利、阿根廷三国的总统不是都来参加"一带一路"国际合作高峰论坛了吗？怎么能说"一带一路"和西班牙语国家没关系呢？我无言以对。

古丝绸之路是指张骞（前一六四年至前一一四年）出使西域时开辟的东起长安，经中亚、西亚诸国，西到罗马的通商之路。二〇一三年九月七日，习近平主席在哈萨克斯坦纳扎尔巴耶夫大学演讲时，提出共建"丝绸之路经济带"的主张，赋予了这条通衢古道以全新的含义，使欧亚各国的经济联系更加紧密、相互合作更加深入、发展空间更加广阔，从而造福沿途各国人民。至于古老的"海上丝绸之路"，自秦汉时期开通以来，一直是沟通东西方经济和文化交流的重要渠道，尤其是东南亚地区，自古就是"海上丝绸之路"的重要枢纽。习主席建设"二十一世纪海上丝绸之路"的构想使其在新的历史起点上，有了更加重要而又深远的意义。

"一带一路"沿线国家主要包括西亚十八国（伊朗、伊拉克、格鲁吉亚、亚美尼亚、阿塞拜疆、土耳其、叙利亚、约旦、以色列、巴勒斯坦、沙特阿拉伯、巴林、卡塔尔、也门、阿曼、阿拉伯联合酋长国、科威特、黎巴嫩），中亚六国（哈萨克斯坦、土库曼斯坦、吉尔吉斯斯坦、乌兹别克斯坦、塔吉克斯坦、阿富汗），南亚八国（尼泊尔、不丹、印度、巴基斯坦、孟加拉国、斯里兰卡、马尔代夫、阿富汗），东南亚十一国（印度尼西亚、马来西亚、菲律宾、新加坡、泰国、文莱、越南、老挝、缅甸、柬埔寨、东帝汶），中东欧十六国（阿尔巴尼亚、波斯尼亚和黑塞哥维那、保加利亚、克罗地亚、捷克、爱沙尼亚、匈牙利、拉脱维亚、立陶宛、马其顿、黑山、罗马尼亚、波兰、塞尔维亚、斯洛伐克、斯洛文尼亚）。独联体四国（俄罗斯、白俄罗斯、乌克兰、摩尔多瓦），再加上蒙古和埃及等。

从上述名单中不难看出，"一带一路"沿线国家多为文明古国，在历史上创造了形态不同、风格各异的灿烂文化，是人类文明宝库重要的组成部分。诗歌是文学的桂冠，是文学之魂。文明古国大都有其丰厚的诗歌资源，尤其是经典诗歌，凝聚着国家和民族的精神和理想。各国之间的文化交流与经贸往来，既相互交融又相互促进，可以深化区域合作，实现共同发展，使优秀文化共享成为相关国家互利共赢的有力支撑，从而为实现习主席构建人类命运共同体的伟大目标打下坚实的文化基础。

"一带一路"沿线国家多是发展中国家。长期以来，我们一直比较重视对欧美发达国家诗歌的译介，在"经济一体、文化多元"的今天，正好利用这难得的契机，将这些"被边缘化"国家的传统文化和民族精神纳入"一带一路"的建设，充分发掘它们深厚的文化底蕴，让它们的古老文明在当代世界发挥积极作用，使"文库"成为具有亲和力和感召力的文化桥梁。

"一带一路"沿线国家又多是中小国家。它们的语言多是非通用的"小语种"，我国在这方面的人才储备相对稀缺，学科建设相对薄弱；长期以来，对这些国家的文学作品缺乏系统性的译介和研究。从这个意义上说，"文库"的出版具有填补空白的性质，不仅能使我们了解这些国家的诗歌，也使相关的学科建设和学术研究有了新的生长点。

"'一带一路'沿线国家经典诗歌文库"的现实意义和深远影响已经很清楚了，但同样清楚的是其编选和翻译的难度。其难点有三：一是规模庞大，每个国家一卷，也要六十多卷，有的国家，如俄罗斯、印度，还不止一卷；二是情况不明，对其中某些国家的诗歌不是一无所知也是知之甚少，国内几乎从未译介过，如尼泊尔、文莱、斯里兰卡等国；三是语言繁多，有些只能借助英语或其他通用语言。然而困难再多，编委会也不能降低标准：一是尽可能从原文直接翻译，二是力争完整地呈现一个国家或地区整体的诗歌面貌。

总之，"文库"的规模是宏大的，任务是艰巨的，标准是严格的。如何完成？有信心吗？答案是肯定的。信心从何而来呢？我们有译者队伍和编辑力量做保证。

"'一带一路'沿线国家经典诗歌文库"的编译出版由北京大学外国语学院和中国作家出版社联袂承担，可谓珠联璧合，阵容强大。

北京大学外国语学院是国内外国语言文学界人才荟萃之地，文学翻译和研究的传统源远流长。北大外院的前身可以追溯到京师同文馆（一八六二年）和京师大学堂（一八九八年）。一九一九年北京大学废门改系，在十三个系中，外国文学系有三个，即英国文学系、法国文学系、德国文学系。一九二〇年，俄国文学系成立。一九二四年，北京大学又设东方文学系（其实只有日文专业）。新中国成立后，东语系发展迅速，教师和学生人数都有大幅度增长。一九四九年六月，南京东方语言专科学校和中央大学边政学系的教师并入东语系。到一九五二年京津高校院系调整前，东语系已有十二个招生语种、五十名教师、大约五百名在校学生，成为北大最大的系。

一九五二年院系调整时，重新组建西方语言文学系、俄罗斯语言文学系和东方语言文学系。其中西方语言文学系包括英、德、法三个语种，共有教师九十五人，分别来自北大、清华、燕大、辅仁、师大等高校（一九六〇年又增设西班牙语专业）；俄罗斯语言文学系共有教师二十二人，分别来自北大、清华、燕大等高校；东方语言文学系则将原有的西藏语、维吾尔语、西南少数民族语文调整到中央民族学院，保留蒙、朝、日、越、暹罗、印尼、缅甸、印地、阿拉伯等语言，共有教师四十二人。

北京大学外国语学院于一九九九年六月由英语系、西语系、俄语系和东语系组建而成，下设十五个系所，包括英语、俄语、法语、德语、西班牙语、葡萄牙语、日语、阿拉伯语、蒙古语、朝鲜语、越南语、泰国语、缅甸语、印尼语、菲律宾语、印地语、梵巴语、乌尔都语、波斯语、希伯来语等二十个招生语种。除招生语种外，学院还拥有近四十种用于教学和研究的语言资源，如意大利语、马来语、孟加拉语、土耳其语、豪萨语、斯瓦西里语、伊博语、阿姆哈拉语、乌克兰语、亚美尼亚语、格鲁吉亚语、阿塞拜疆语等现代语言，拉丁语、阿卡德语、阿拉米语、古冰岛语、古叙利亚语、圣经希伯来语、中古波斯语（巴列维语）、苏美尔语、赫梯语、吐火罗语、于阗语、古俄语等古代语言，藏语、蒙语、满语等少数民族及跨境语言。学院设有一个一级学科博士点、十个二级学科博士点和一个博士后流动站，为北京市唯一外国语言文学重点一级学科。学院师资力量雄厚：全院共有教师二百一十二名，其中教授六十名、副教授八十九名、助理教授十六名、讲师四十七名，拥有博士学位的教师一百六十三人，占教师总数的百分之七十七。

从以上的介绍不难看出，北京大学外国语学院的语言教学和科研涵盖了"一带一路"的大部分国家，拥有一批卓有成就的资深翻译家和崭露头角的青年才俊，能胜任"文库"的大部分翻译工作。至于一些北大没有的"小语种"国家，如某些中东欧国家，我们邀请了高兴（罗马尼亚语）、陈九瑛（保加利亚语）、林洪亮（波兰语）、冯植生（匈牙利语）、郑恩波（阿尔巴尼亚语）等多名社科院外文所和兄弟院校的专家承担了相应的翻译工作，在此谨对他们表示诚挚的敬意和衷心的感谢。

有好的翻译，还要有好的编辑。承担"'一带一路'沿线国家经典诗歌文库"编辑出版任务的作家出版社是国家级大型文学出版社，建社六十多年来出版了大量高品质的文学作品，积累了宝贵的资源和丰富的经验。尤其要指出的是，社领导对"文库"高度重视，总编辑黄宾堂、前总编辑张陵、资深编审张懿翎自始至终亲自参与了所有关于"文库"的工作会议，和北大诗歌研究院、北大外国语学院的领导一起，精心策划，全力以赴，保证了"文库"顺利面世。

最后还要说明的是，"'一带一路'沿线国家经典诗歌文库"得到了北大校领导的大力支持。"文库"第一批图书的出版恰逢北京大学建校一百二十周年（一八九八年至二〇一八年），编委会提出将这套图书作为对校庆的献礼。校领导欣然接受了编委会的建议，并在各方面给予了大力支持，校党委宣传部部长蒋朗朗同志从始至终参与了"文库"的策划和领导工作。至于北京大学外国语学院的领导更是责无旁贷地承担了全部翻译工作的设计、组织和落实。没有他们无私忘我、认真负责的担当，完成这样艰巨的任务是不可能的。

"'一带一路'沿线国家经典诗歌文库"第一批诗作即将出版，这只是第一步，更艰巨的工作还在后头；更何况随着时间的推移，"一带一路"的外延会进一步扩展，"文库"的工作量和难度也会越来越大。但无论如何，有了这样的积累，我们完全有理由相信，"'一带一路'沿线国家经典诗歌文库"会越来越好。为了实现这样的目标，我们期待着领导、业内同仁和广大读者的批评指教。

赵振江

二〇一七年秋于北京大学蓝旗营寓所

前　言

巴林是一个群岛之国，位于海湾中部，北邻伊朗，东西分别与卡塔尔国和沙特阿拉伯王国相望，是沟通世界东西交通的要道，也是连接美索不达米亚平原和印度河流域的必经之地。因此，巴林既是古代海上"丝绸之路"的必经之路，也是重要的交通枢纽和商品集散地。巴林风光旖旎，造船业与捕鱼业自古发达，素有"海湾明珠""海湾绿洲"和"海湾新娘"的美称。

公元前三千年，阿拉伯半岛东部和巴林群岛成为狄勒蒙文明（公元前三千年至公元前四五〇年）的发祥地，因此，古代巴林也被称为"狄勒蒙"。

在伊斯兰教兴起前，巴林岛就被称为"阿瓦勒"。"阿瓦勒"是当时一些部落崇拜的神，形似牛头，位于现今穆哈拉格岛上。直至十六世纪前后的整个伊斯兰时期，现今的巴林岛均被以其旧名"阿瓦勒"指称，巴林人也自称是"阿瓦勒"阿拉伯人。[1]

近现代，巴林为摆脱外族统治和西方国家的殖民统治，争取国家独立，进行了长期的艰苦斗争。

二战后，现代民族国家纷纷建立，阿拉伯民族主义传到巴林，巴林要求独立的愿望日益强烈。一九七一年十二月十六日，英国殖民者的军队撤出巴林，巴林最终成为一个独立的国家。

二〇〇二年，巴林国名改为"巴林王国"。

巴林面积很小，但是，作为诗歌的民族——阿拉伯民族的一部分，诗

1　关于巴林概况的内容，参考了世界知识出版社出版的上海外国语大学王广大教授所著的《当代巴林社会与文化》一书。

歌在巴林也体现了巴林文化的精髓，使巴林成为诗歌的王国。早在贾希利叶时期，著名的"悬诗"诗人之一塔拉法·本·阿卜杜就来自巴林的土地，为我们留下了著名长诗，开头是：

> 踏上赛赫麦迪的砾石地，
> 寻觅心上人郝莱昔日的牧场和营地。
> 遗址像刺在手背上的黥墨，
> 点点划划，印迹依稀。
> 一时间，情丝缕缕，
> 缠绕着不尽的眷恋和忧郁。
> 同伴勒马在身旁：
> "坚强些，莫愁断了漠漠悲肠。"

诗歌以其传统的风格在巴林继续着自己的存在，直到当代新诗歌运动在巴林出现。

大约在二十世纪四十年代左右，巴林的新诗歌运动以一种弱小的形式崭露头角。尽管开始之路充满困难和艰辛，但它终于克服了重重障碍，坚强地存在并发展着。

作为新诗歌运动的主体，许多年轻人积极地进行了诗歌创作的尝试。他们的尝试有着丰富的人文内容和良好的诗歌表现，其中一部分诗歌达到了相当优秀的创作水平。这个运动的苗头出现在二十世纪四五十年代，其后的六十年代可谓是其深度酝酿和发酵时期，为其大步前进做着准备。二十世纪五六十年代，阿拉伯世界乃至全世界的民族民主解放运动呈现了高潮，深受解放思想、社会改革和政治改革的影响。阿尔及利亚进行了解放战争；在亚丁和马格里布爆发了独立战争，埃及进行了反对殖民者的战争，把苏伊士运河收归国有……这一切都使包括巴林在内的阿拉伯各国从落后的政治和社会的孤立中解放出来。

同样，也是在二十世纪六十年代，阿拉伯人在一九六八年第三次中东战争中的失败，引起了阿拉伯人更多的紧张、焦虑，使一些人感到灰心丧气，这种对阿拉伯人心灵的巨大的打击，影响了阿拉伯各国的政治、经济和社会生活的方方面面。但这一残酷的打击，也使阿拉伯人从彷徨中清醒过来，并使思想解放、政治解放和社会改革的口号以及一切已经失去和丢失的意识重返心里。这种巨大的反差和尖锐的矛盾，使二十世纪六十年代成为阿拉伯世界文化一个最精彩的时期，民族的、政治的，甚至感情方面的梦想直触云端。

就是在这个时期，巴林社会的政治和社会生活有了许多重大发展，影响了包括诗歌在内的各个方面，使巴林的新诗歌运动获得了新的思想、新的内容，并在表现形式上获得了新的启迪。这一运动终于迈出了坚实的步伐，具有了清晰的轮廓。

这一时期涌现出的最突出的诗人有：艾哈迈德·穆罕默德·阿勒哈利法、阿兹·阿卜杜·拉赫曼·盖绥比、阿卜杜·拉赫曼·穆罕默德·拉菲仪、阿里·阿卜杜拉·哈利法、加西姆·哈达德和阿拉维·哈希米等。

由于他们在诗歌领域里的地位和思想能力的差异，这个运动中的诗人们，在对诗歌创作的精通、对诗歌创作的贡献等方面存在着差异。但是，由于他们在进行诗歌创作时，均怀着深厚的情感，致力于真诚有益的实践，因此，从总体来说，他们的作品都具有优秀诗歌的艺术要素。

他们的诗歌的一个最主要特点是，内容多是围绕着客居异乡、焦虑、彷徨、希冀、希望遗失和愿望死亡，其原因是，他们都饱受现实生活之苦的折磨，各种压力几乎让他们不能承受，因此，他们力求解脱，希求完美。其手段就是用强有力的、能够反映现实、对现实进行深刻解析的诗句进行表达。这使得我们面对的是这样一种社会倾向：深深根植于他们心中、并推动他们去触及朴素的、被压制的人们面对的问题和忧虑，进而呼吁解决他们的困难。方法就是真实地、自然地对这一切进行表达。他们期望的是体面的生活，正确的价值观；他们追求的是一个充满正义，没有痛苦、恐惧和欺压的理想的人类社会。

对祖国的热爱，对人道主义原则的坚守，使他们能够体会他人的痛苦和困难。因此，他们有一种共同的集体感情，使他们的诗歌被悲伤的、动人的音韵笼罩。因此，可以说，他们的诗歌是社会诗篇，是人们心中的感觉和他们失去的希望的鲜活的体现。

他们的诗歌中都有着对读者的强烈的呼唤，让读者剖析自己的内心，承认内心潜在的力量，从而努力去改变社会、政治和思想中的现存模式，重新去审视那些阻碍人们前进的僵化的价值观和风俗习惯。

但是，他们诗歌的另一方面则是内心的悲伤，感觉到梦想和希望难以实现。因此，他们大量使用了象征性的词语和手法，表达他们的情感、思恋和内心的独白。

应该注意的是，由于受到当今时代优秀的人类文化的影响，这种影响驱使他们在诗歌中更多谈到的是亟待解决的社会问题，使他们的诗歌充满时代气息，可以说，他们是用自己的诗歌参与了自己国家里各种人类问题的解决。他们是生活在现代文化中，所以，在现代新诗歌运动中，许多从前沉浸在自我感情里的诗人开始减少对他们个人世界的讲述，表现出了明显的走向世界的趋向，他们展望未来，同时，开始做好准备，迎接未来。

这种趋向使我们看到，代表这个运动的诗人们的作品的内容以极强之势集中在社会方面，同时，也保留了巴林诗歌原有的自我之声：强烈的抒情诗、哲理诗，描写大自然，表达思乡和思念祖国之情。

在格律方面，新诗歌运动的诗人们，有相当一部分推崇并使用了自由韵律，统一的或各种不同的音步。同时，还有另外一些诗人，仍然坚持了阿拉伯古典诗歌稳重的韵律和明显的音乐感。

巴林新诗歌运动中的诗人们，大致可以分为三个梯队，彼此之间有所交叉，但是，不能将他们说成是三代人。

第一梯队主要是二十世纪六十年代的诗人，绝大部分参与了一九六九年末的巴林的"作家与文学家之家"的建立。主要有：阿里·阿卜杜拉·哈利法、加玛姆·哈达德，阿拉维·哈希米、尤素福·哈桑，哈玛黛·赫米斯、伊曼·艾斯丽等。

第二梯队主要是那些在新文学的气氛下，特别是在"作家与文学家之家"的范围之内，取得了诗歌创作成就的诗人，他们多在二十世纪七十年代发表了自己的第一部诗集。主要有：叶阿古布·穆哈拉吉、阿里·舍尔高维、阿卜杜·哈米德·高伊德、赛义德·欧维纳提和阿拉木·高伊德等。

第三梯队主要是在二十世纪七十年代开始进行诗歌创作的诗人，并在八十年代以后，发表了他们的第一部诗集。如：法齐娅·桑迪、艾哈迈德·穆顿、法塔希叶·阿吉兰、艾哈迈德·阿吉米等。当然，还有一些诗人，虽然尚未有诗集发表，但却有零散的诗篇问世，如：萨勒曼·哈依吉、贾法尔·哈桑、尤素福·哈希米等，他们也属于这一梯队。

应该指出，近年来，在巴林出现了许多年轻诗人的声音，特别是由于"作家与文学家之家"对年轻人的重视，积极鼓励他们在巴林的报刊上发表他们的诗歌作品。如:法特梅·台吞、乃比莱·祖巴丽、穆罕默德·班吉、海勒迪叶、莱伊拉·赛德、艾哈迈德·赛特拉维、阿里·基拉维、白沙尔·阿里、阿卜杜拉·古尔姆孜、穆罕默德·乃加尔和穆罕默德·贾法尔·纳伊姆等，他们很有可能成为一个新的梯队的代表人物。

王　复

易卜拉欣·本·穆罕默德·阿勒哈利法

（一八五〇年至一九三三年）

出生在巴林的穆哈拉格岛，是当政的巴林阿勒哈利法家族成员。当时，巴林各地有许多宗教学校，他在其中学习了教法、阿拉伯语、算数等。一八八五年，他陪同被流放在亚丁的父亲来到了伊斯兰教圣地——沙特阿拉伯的麦加，访问了阿拉伯半岛上的许多城市，会见了知识名流和学者，受益匪浅。一八八六年返回巴林。

一九一九年，易卜拉欣·本·穆罕默德·阿勒哈利法被任命为巴林知识委员会主席。一九二二年，在著名的黎巴嫩作家、旅行家艾敏·利哈尼访问巴林时，他与其结识，并结下了深厚的友谊，从此，书信往来。后者通过自己的巨著《阿拉伯君王》，向世界介绍了易卜拉欣·本·穆罕默德·阿勒哈利法，他写道：他对文学和诗歌的爱好胜于对政治的关注，是巴林文人骚客的领袖，亦是他们中的佼佼者。他在黑札兹地区师从著名的学者，熟谙各门艺术，以自己的真知灼见成为具有现代意识的巴林人；他不仅博览阿拉伯报刊，还关注世界的思想与文化成就，是巴林学校委员会第二任主席，为巴林的文化振兴做出了自己的贡献。

他与二十世纪二十年代巴林民族运动的领袖们有着密切的关系，这些领袖中的大多数人，都是他创办的文学论坛的学生。他积极参加了巴林旨在传播知识、促进政府管理改革的文化与社会斗争。

关于易卜拉欣·本·穆罕默德·阿勒哈利法离世的时间，一说是一九三〇年，另一种说法是一九三三年。大多数人倾向于第二种说法。

在诗歌创作方面，易卜拉欣·本·穆罕默德·阿勒哈利法显示出了坚实的阿拉伯传统诗歌的基础，而巴林的现代诗歌就是在这一基础上发展起来的。他的诗歌主要使用了传统诗歌中的"长律"，并具有几个明显的特点：

一、用词简单，很少使用艰涩难懂之词；

二、较严格地遵循传统韵律；

三、由于他是一个从政者，与许多政治问题有着激烈的碰撞，从而使他的诗歌中有很多模糊的象征性寓意，作为对现实描写的一种替代，是以一种特殊的方式，将现实的形象遮盖起来。

易卜拉欣·本·穆罕默德·阿勒哈利法是巴林现代诗歌的先驱，他的诗歌属于传统复兴派，即新古典主义。

责难时世和心的密语

时世能消除我对它的责难

让我把应得的权利拿取？

我的运气在世事与众生之间蹉跎

人们参差各异，但时世对此否认执意。

我将在高尚行为的纸张上热情书写

挥动我的决心和见解之笔。

我向时世询问我的道路

走向我的命定，可时世迟迟不语。

如果我疏忽地表现出了动机

是因为心思的内涵不能隐蔽。

清醒者将明晓愚昧的无知

明白事理者睹见真意。

生命已被任性的手耗尽

不经意的日月使它衰老迅疾。

人怎能忽视自己的命运

无视对生命的耗费。

他的一切美好行为

人们永远将其纳入记忆。

人不应该接受存在的短缺

要努力使行为完美。

带着缺点不足虚度一生

正是极大的羞耻。

刚刚离开"无"的角落

"存在"的圆月立刻展现天际。

知识的秘密教导做人

它是照亮人生道路的火炬。

知识对不明事理者无用

缺失不能得到补益。

人若身无美德

将面对屈辱卑微的威胁。

人若枉行多积

对生命逝去的恐慌加剧。

分分秒秒的虚度

搅乱渴求知识者的心绪。

知识使年轻人幸福永驻

拥有知识者与光荣永不分离。

警觉的人啊，我以生命起誓

知识就是年轻人的灵魂和智力。

写于一八八七年

（王复　译）

萨勒曼·本·艾哈迈德·阿巴斯·塔吉尔

（一八七五年至一九二五年）

　　萨勒曼·本·艾哈迈德·阿巴斯·塔吉尔是巴林思想文化界的重要人物。他曾在伊拉克和印度求学。在伊拉克的学习，使他打下了扎实的阿拉伯语基础，他学习了大量的伊斯兰教教法知识；在印度的学习，又使他学到了一些西方文化。据说，他曾经创作了很多诗歌，但遗憾的是，直到今日，一直没有对这些诗歌进行系统的收集和考证。因此，他留下的唯一的一首长诗，是他在一九二二年，为了表达对到访的著名的黎巴嫩作家和旅行家艾敏·利哈尼的敬仰而写下的。

　　他的诗作未能留下很多的另一个原因，是他的大部分诗歌都是宗教诗歌，特别是关于伊斯兰教什叶派的内容。

　　尽管如此，萨勒曼·本·艾哈迈德·阿巴斯·塔吉尔仍然与易卜拉欣·本·穆罕默德·阿勒哈利法一样，同属巴林，乃至整个海湾地区的诗歌与文化复兴学派的先行者，号召改革。

　　在诗歌风格上，萨勒曼·本·艾哈迈德·阿巴斯·塔吉尔始终效仿古典阿拉伯诗歌风格。

　　一九二五年，萨勒曼·本·艾哈迈德·阿巴斯·塔

吉尔在巴林的麦纳麦去世。他为巴林的诗歌与文化的
复兴做出了贡献，在他之后的许多巴林诗人都受到了
他的影响。

你是上天珍贵的宝藏（节选）[1]

你是上天珍贵的宝藏，

忠实[2] 于它昂贵的奥秘。

毫不奇怪，大众之心，

带着热念向你奔去。

你是东方指路的学者，

你是我们时代的哲人。

你是巴林的又一面旗帜，

你是又一轮明月装饰天际。

千百次把勇士欢迎，

只要我们活着，这热情与日常新。

你美好的到来，

照亮了我们好客的土地。

你的光艳使它发光，

阿瓦勒人[3] 以他们的显赫人物骄傲无比。

你如清水之源的德行，

使这土地花香四溢。

写于一九二二年

（王复　译）

1　一九二二年，巴林文学俱乐部集会，欢迎到访的著名的黎巴嫩作家和旅行
　　家艾敏·利哈尼。在这次集会上，诗人朗诵了他写的一首长诗，表达对黎
　　巴嫩作家艾敏·利哈尼的敬仰。这首诗没有题目，译者按照阿拉伯人的习
　　惯，将此诗的第一句作为这首诗的题目。

2　忠实：艾敏·利哈尼名字中的"艾敏"一词，在阿拉伯语中的意思是"忠
　　实的，忠诚的"。

3　阿瓦勒：是巴林岛的旧称。请参考本书译者前言。

阿卜杜拉·本·阿里·本·吉布尔·扎伊德

（一八九九年至一九四五年）

出生在巴林穆哈拉格岛上一个血统显赫的阿拉伯人家庭，父亲是巴林有名的珍珠商人。少年时，他在私塾里学习了《古兰经》、阿拉伯语和伊斯兰教法。

他子承父业，从事珍珠贸易。其间，曾被诬告买卖假珍珠，法院判决将其驱逐出境，为时两年。正是在这两年里，即一九二八年至一九三〇年间，他去了意大利、法国和英国等欧洲国家，并在伦敦居住了一年。三年之后，在案件被初步澄清之后，他结束了被流放的生活，返回巴林。

对阿卜杜拉·扎伊德来说，被流放的生活的最大收获，是他看到了新的生活现象，了解了现代文化，催动了他求知和改革的热情。于是，他在一九三四年，建立了巴林第一个现代印刷厂。一九三九年，创办了巴林第一份报纸《巴林》，奠定了巴林和海湾地区现代文化的基础。应该指出的是，他创办这份报纸的时间，正值第二次世界大战，英国殖民者利用了这份报纸为自己做过宣传。因此，有一些人对阿卜杜拉·扎伊德的爱国主义和致力于思想、社会与政治改革的真诚提出了质疑。这件事和前面提到的假珍珠贸易事件在他内心留下了浓重的暗影。不过，这些并未能使他放弃反对殖民者的爱国主义行为和致力于改革的计划，他积极呼吁学习科学，维护祖国尊严，加强海湾及整个阿拉伯世界的团结。

但是，这两个事件对他的影响却明显地表现在他去世前、在病榻上写下的他生命中的最后一首诗歌，那是一首充满悲伤的浪漫主义诗歌，真实地表达了他的内心。

阿卜杜拉·扎伊德的诗歌主要具有以下三个特点：

一、以改革的思想对待社会问题；

二、最初，他深受阿拉伯古典诗歌的影响，后来，加入了革新派的队伍；

三、青年时代，他的诗歌充满乐观情绪和希望。但到生命晚期，由于希望未能成真，他的诗歌里出现了失望、悲观的情绪。

一九四五年五月五日，阿卜杜拉·扎伊德离世，在巴林各界引起震动。

阿卜杜拉·本·阿里·本·吉布尔·扎伊德和易卜拉欣·本·穆罕默德·阿勒哈利法同是巴林现代诗歌的先驱，他的诗歌属于传统复兴派，即新古典主义。

政治诗[1]（节选）

起来，阿拉伯人！施展你的威风！
生活就是拼搏与竞争！
人家在死亡的海中支起欺骗之网，
盟约被违背，诺言成幻影。
西方背信弃义，最不讲信用，
人们尽管有经验教训还是受愚弄。

（仲跻昆　译）

1　选自仲跻昆教授著写的《阿拉伯现代文学史》。

写在病榻上的最后的诗篇

生命，我已厌倦，失眠不断，
死亡肿胀，我的居所就在墓坑里面。
如果时光已经疏远或背叛，
在死亡里才能远离灾难。
在死亡里，宣告死刑的箭折断，
在死亡里，命定的刀变成碎片。
我远离家乡漂泊，行囊空空，
无落脚之处亦无陪伴。
在黑暗的幕帐之下，
躺在泥土和石块的床铺上面。
你看到的昨日忧患充塞的心，
已重回理智的稳安。

青春的希望尽消，
那时，我像鲜花灿烂鲜艳。
现在，我的心已厌倦生活的格斗，
俨然卑贱岁月的龙钟老迈。
各种哀愁压弯了我的脊背，
使青春的芳华凋残。
我从未吝啬努力，但是，
清醒的人啊，时世粗鲁傲慢。
我渴求希望，追逐不断，
但我看见的是蜃景、失望和凶险。

永别了，永别，夜空的星辰，
永别了，永别，明月的光华。

永别了，永别，水流的潺潺，
永别了，永别，树叶沙沙的轻婉。

你好，风的吹拂，
你好，雨殇的柔颤。
你好，绛色嘴唇的醇香，
你好，琴弦的吟叹。

一对挚友为我撒上抔抔泥土，
石块码齐为我把屋修建。
墓室未锁闭之前在我墓坑绕转，
坟墓里有教训和殷鉴。
然后奔向我悲痛的家人，
他们苦泪沾襟涟涟不断。
只为家乡那孤独的陌生人，
怀着被愁伤炙烤的心恸哭震撼。
怜悯他们吧，用最真诚的哀悼，
我害怕痛苦给他们带来伤害和艰难。
回返之前请到我家转转，
如果那里的号啕撕碎心肝。
但是，请莫哭泣，那情景
让心融化，使失明与双眼为伴。

请快快回到我的墓坑，
我惧怕烦躁不安。
不要向我讲述万象众生，
我只听诗人和夜聚的言谈。
但愿在曙光升起之前，
我能与天使而不是人类密谈。
我正在终结这灾难，

它把那年长的女子蹂躏熬煎。

但那些尚需保护的孩子们，

我只怕他们变成孤儿忍受孤单。

写于一九四五年辗转病榻之时

（王复　译）

易卜拉欣·阿卜杜·侯赛因·欧莱德

（一九〇八年至二〇〇二年）

出生在印度孟买，父亲是巴林的珍珠商人，母亲是伊拉克人。青少年时侨居印度，并在那里接受了从小学到高中的教育，英语水平优秀。一九二五年回到他的祖国巴林，做英语教师。同时，从师于著名的巴林文学家萨勒曼·塔吉尔（一八七五年至一九二五年），学习阿拉伯文学，并迅速开始了阿拉伯传统风格的诗歌创作，于一九三一年刊印了他的第一部诗集《回忆》。但是，没过多久，他就对这部诗集的出版表示了极大的后悔。

一九三一年，易卜拉欣·欧莱德创办了私立学校，这所学校里的很多学生成了巴林的思想家、文学家和国家重臣。

一九三七年至一九六七年，他担任跨卡塔尔和阿联酋的 P.C.L 石油公司翻译部主任。巴林独立后，出任制定巴林宪法的宪法委员会主席。一九七五年，被任命为巴林外交部办公厅特命全权大使。二〇〇二年离世。

易卜拉欣·阿卜杜·侯赛因·欧莱德受到英国文学大师莎士比亚、雪莱和拜伦等人的影响，对波斯诗集《鲁拜集》深有研究。一九七六年，获得巴林伊萨埃米尔颁发的一等奖章。后因其在文学、文化领域和担任大使期间的突出贡献，于二〇〇一年获得哈米德埃米尔授予的伊萨埃米尔一等奖章。

自二十世纪三十年代开始，易卜拉欣·阿卜杜·侯赛因·欧莱德进入了他的诗歌创作繁荣时期。他的诗歌创作包括了抒情诗、叙事诗和诗歌剧，并在诗歌剧和叙事诗上颇具创新；同时，他还有翻译的诗歌作品。除了上面提到的第一部诗集《回忆》以外，他的诗歌分别收集在：

诗歌剧《啊，靠山！》（一九三二年），诗歌剧《两国之间》（一九三四年），叙事诗《新娘》（一九四六年），叙事诗《两次亲吻》（一九四八年），被誉为"阿拉伯史诗"的《烈士的土地》（一九五一年），叙事诗《烛》（一九五六年），翻译了波斯诗人欧玛尔·海亚穆的《鲁拜集》（一九六六年），《哈亚米亚特》（一九九六年），《你啊》（一九九八年）。

他的诗歌基本表现了两大方面的内容：个人忧虑和对阿拉伯及人类重大问题的思考。这种十分"个人"与十分"公共"的关注，使他的诗歌创作具有复杂的形式，突出地表现在诗歌与故事、诗歌与散文、诗歌与批评、情感与理智的并存。这种双重性代表了他的艺术和文化个性的复杂，既突出思想的表达，又特别注重语言的使用和韵律，注重在一首诗歌里保持一个不变的韵律。

他不仅进行诗歌创作，还写了大量有关文学、特别是关于诗歌的评论，包括《诗歌风格》（一九五〇年），《诗歌与美术》（一九五二年），《阿拉伯现代文学中的诗歌及其问题》（一九五五年），《当代阿拉伯诗歌巡礼》（一九六二年）和《千年后的穆泰乃比》（一九六三年）等。同时，他还用英文进行创作。

易卜拉欣·阿卜杜·侯赛因·欧莱德以其五十多年持续不断的创作，被尊为巴林乃至整个海湾地区的大师，他真诚严肃的创作态度和他充溢着花香、柔情和光艳的诗作，为巴林和整个海湾地区诗歌的发展做出了不可磨灭的贡献。

给天狼星的歌

——《古阿瓦勒阿拉伯人崇拜的星辰》

你是我天空中的明珠，
吉光熠熠闪耀在我身旁。
夜因你而静谧，
发丝柔顺，衣袖闪光。
多少个夜晚我将你仰望，
无意一切歌唱。
只从沉默的海洋里，
啜饮着一曲又一曲无声的琼浆。

        你在真主使你展呈之处美丽闪亮。

云汉悠远，群星点点，
你使黑夜益发光灿，
直到黎明放眼展望，
开始美好希望。
我把你奉为榜样，
带我灵魂升华高尚。

        运气难道不告诉我……你被期望的承诺
        在生命的漫长里……你仍是婴儿被关心抚养。
        你在你昔日之地闪光，
        我的爱慕只向你奉上。

啊，满足……存在的目光所视，
才是实实在在的真相。

难道任何事物的进化，
都是精神对永存的梦想？
善美活着真好，
善美死亡很妙。
多少旧曲死亡，
让新调奏响。

像雨云不断送出的雨丝，
我的诗只是对你的悼亡，
是我的节日时光。
如果我把永生向往……
你已在远处向我张望，
这夜露滴滴，是我向你展示我的到场。

我的枝条从你那里拿取衣裳，
我的身躯被你水润滋养。
仿佛爱的甘露，
从口中滴落在我的玫瑰上。

你在你昔日之地闪光，
我的爱慕只向你奉上。

啊，奇迹……
多少次对我、亦对你拒抗。

可光亮已把囚徒诱导……
攀登天空的宽广。

如果它消逝隐藏，
不会以新月之光再现。

在那返回之地，
呈现月亮的清辉与明亮。

繁星密布……新月在哪里升起发光？
圆月的红光未现，已被隐藏。

但是，它已经走近，
其他的星星趋向远方。
明日星辰大队将至，
将它变成巨垫铺张。

让它们跟随其后，把春天埋葬。

我期待你升起，
哪怕是在冬季时光。

你在你昔日之地闪光，
我的爱慕只向你奉上。
啊，我的奇迹，
我的生命太久，
谈话都是忧伤。
人类的眼睛已在小睡，
我们的眼睛仍在观望。

我转动着我的目光，
我的信念在何方？
我看见"存在"没有静止，
正在不断伸张。
它的星云呈螺旋形状，
它的边界不清不详。

希望那里有一种与我的关联，

不，是多种与我有关的状况。

你的全部都在开始……时光，

你的周围都是迷惑和考验，

你的年纪，

不是被允许的漫长。

你仿佛是那世界里，

存在的一种幸运和福分。

不知它的过去，

亦不明它将来的模样。

写于一九六〇年九月十三日

（王复　译）

阿卜杜·拉赫曼·卡西姆·穆阿维达

（一九一一年至一九九七年）

出生在巴林穆哈拉格市一个普通人的家庭，七岁进私塾，学习读写和背诵《古兰经》。一九一九年，进入该市的哈利法正道学校，成为该校的第一批学生。一九二八年，他被官方派往黎巴嫩贝鲁特美国大学，用两年时间学习英文，准备进入该校用英语进行教学的高中学习。但是，两年的学业尚未结束，便被巴林政府召回，因为，包括他在内的外派留学生声援了反对政府驱逐爱国教师的学生罢课运动。

一九三〇年，为了纪念一九二〇年在穆哈拉格建立的文学俱乐部，阿卜杜·拉赫曼·卡西姆·穆阿维达和一些外派的留学生组建了第二文学俱乐部。大约在五年之后，该俱乐部被英国殖民者关闭。二十世纪三十年代，阿卜杜·拉赫曼·卡西姆·穆阿维达创办了改革学校。十几年后，他放弃了这所学校，以建立国民指导学校。但是，这所学校仍未能长久继存。

一九四九年至一九五四年间，阿卜杜·拉赫曼·卡西姆·穆阿维达和穆哈拉格的"改良俱乐部"一起，参与了剧院的建立，上演了他编写的一些诗歌剧。他曾以极大的热情，用诗歌的声音，参加了二十世纪中期的巴林的爱国运动。因此，他被评价为"巴林人民的诗人，诉说人民的希望，表达人民的感情。用他自己的诗歌，彰显了巴林的阿拉伯人格。他针砭时弊，憎恶权势，反对殖民主义。他深知百姓的希望，了解社会各方的观点，用诗歌为他们表达，在巴林社会各界产生了极大的反响"。阿拉伯文学评论界对他的评价是："无论是在血统上，还是在感情、文学和思想方面，他都是一个地地道道的阿拉伯诗人。"

二十世纪五十年代，巴林的爱国主义运动受挫后，阿卜杜·拉赫曼·卡西姆·穆阿维达和运动的领导人们同时遭受流放。自一九五六年起，他在卡塔尔度过了十四年的流放生活。

由于当时的卡塔尔统治者接受并善待了他，所以，他从那时开始，写下了对卡塔尔执政者的赞美诗。

正因此，阿卜杜·拉赫曼·卡西姆·穆阿维达的诗歌创作可以分为三个部分。第一部分，即他的第一部诗集《穆阿维达诗集》；第二部分是一九五二年出版的诗集《实际情况》。这两部诗集在巴林现代诗歌的发展中，具有重要意义，特别是第二部诗集《实际情况》，集中收集了他的无论是在形式上，还是在内容上，均堪称最好的作品。第三部分则是他在卡塔尔期间，为卡塔尔执政者写的赞美诗。

阿卜杜·拉赫曼·卡西姆·穆阿维达的诗歌基本继承了阿拉伯传统诗歌的风格，有着严格而统一的韵律，属于新古典主义。他的诗歌创作的另一个特点是对诗歌剧的重视。据说，当时的巴林人几乎每年都在盼望着"改良学校"于学年末上演的新的诗歌剧，而这些诗歌剧都是阿卜杜·拉赫曼·穆阿维达的作品。他可谓巴林，乃至海湾地区最重视诗歌剧的诗人。

阿瓦勒的子孙 [1]

阿瓦勒的子孙！你们为何还不睁开双眼？

你们就不能畅所欲言，拼搏奋战？

外国佬在这个国家逍遥自在，

他们在你们中就看不到有一个男子汉。

侵略者胡作非为，

靠的是枪杆、刀剑。

我看到巴林的今天，

正预示着明日的灾难。

你们若是不闻不问，袖手旁观，

就会亡国，你们自己也会完蛋。

在穆哈拉格 [2]、麦纳麦 [3]、里法 [4] 走走看看，

你会感到困惑，不禁思绪万千：

这里是专制统治，独夫掌权，

百姓则心惊胆战，畏缩不前。

你若看到一座宫殿，那准是异教徒的住所，

你若看到一个洞穴，那才是当地人住在里面。

洋泾浜式的英语是官场通用的语言，

啊！真让人感到耻辱，令人羞惭！

看着那些黑公司盘踞在我们胸口，

而我们竟会对此不顾不管。

---

1 这是阿卜杜·拉赫曼·卡西姆·穆阿维达在二十世纪五十年代中期在一次爱国主义运动集会上吟诵的诗。无题。故这里以诗的第一句为题。选自《阿拉伯现代文学史》。

2 穆哈拉格：巴林第二大岛，位于首都麦纳麦东北。

3 麦纳麦：巴林首都。

4 里法：巴林中部城市。

啊，同胞们！要想当家做主
就要建功立业——把那最珍贵的服装穿！

（仲跻昆　译）

心的躁动 [1]

这生命何时逝去，
我厌烦了艰难时代生存的继续。
气息何时从它的卑微中出去，
在宇宙间徜徉无羁。
清晨的和风带来雨露，
玫瑰花香满溢各地。
温存我的孤寂，
掠过我的墓地，
使我在坟墓里到达我的终极目的。
在那里，我不埋怨对内心的背叛，
我亦不会为挚爱的痛苦焦虑。
我不责难人们的过失，
也不否认他们的抗拒。
坟茔上的小树从我的骨中获取营养，
墓坑里的蛆虫以我的皮肉为食。
若不是怕那因我不走运地死去，
只有我这老叟关怀的幼子无人养育，
我定冷漠地告别此生，
让心摆脱疲劳，享受舒适。
莫吃惊，在世事的奴役中看到自己，
自由人悲伤不已。
我只做纯洁的事情，
证明我的功绩，讲述我的荣誉。
我停止用诗歌对我的民族进行忠告，

1　选自诗集《实际情况》。

我没有在我的诗文中随意书写。

我的报酬正是我亲眼目睹，

努力在坚硬的石头上把鲜花种植。

（王复　译）

拉迪·苏莱曼·穆苏维
（一九一六年至一九七六年）

出生在巴林一个边远的村庄。他的家庭与伊斯兰教先知穆罕默德有亲缘关系，因此，坚守自己的宗教信仰和其教派的观点，对他的成长有着明显的影响，因为他的父亲始终要求他努力学习宗教知识和阿拉伯语。

当时，他居住的赫米斯地区有所阿拉维学校，他遵照父亲的旨意考进了这所学校，但没过多久，就转入了随后在麦纳麦开设的贾尔法尔学校。但是，他始终没有中断有关的宗教学习。

从农村转到城市里学习，为拉迪·苏莱曼·穆苏维打开了新的知识和认知的眼界，并使他在接下来的时间里，有机会与著名的大师和诗人易卜拉欣·欧莱德相遇，参加了后者在麦纳麦的一间咖啡馆里举办的文学沙龙，或是每天晚上，在麦纳麦市郊举办的文学聚会，从欧莱德那里学到了许多有关文化、文学及相关的知识，受益匪浅。欧莱德的沙龙和座谈会，第一次使执着于宗教学习的他，有机会了解了现代文学的方方面面，他满怀兴趣地参加了每日举办的思想文化讨论，并且按时地、逐期地阅读两种埃及杂志《使命》和《文化》，还不时阅读《文摘》杂志。

二十世纪四十年代，拉迪·苏莱曼·穆苏维开始了诗歌创作，并用笔名，在《巴林》报上或其他杂志上，如《巴林之声》上，发表自己的诗作。那时，他还在一些宗教场合朗诵自己的诗歌。

不同的生活阶段表现在拉迪·苏莱曼·穆苏维的诗歌经历中。他是从封闭的农村走向了城市宽广的文化生活，走向了对现代生活的开放。生活现实中的各种问题，社会里的形形色色的热点问题，特别是国家和民族的问题成了社会中最大的关注。这些崭新的课题为穆苏维的诗歌增加了新的内容，并对他原有的、传统的、宗教的，而且是教派的诗歌内容产生了冲击，使他在诗歌创作上摆脱了教派的束缚，奔向了新的天地。这在二十世纪巴林的诗坛上是一件大事，因为当时为数众多的巴林诗人都无法摆脱这种束缚，因此，被人们叫作"侯赛因派诗人"或"讲坛诗人"或"教派诗人"。

这种变化使拉迪·苏莱曼·穆苏维的诗歌为巴林现代诗歌的发展做出了重要的贡献。他在诗歌中表现出来的爱国的和民族的情怀，引起了巴林教派之外的评论家和公众的注意，甚至有人认为他的大部分诗歌都是爱国主义情怀的表现。

一九七六年十月五日，拉迪·苏莱曼·穆苏维去世，那时，他还没有一部完整的诗集印刷出版。在他去世几年之后，在他的孩子们的帮助下，哈桑·杰西教授将穆苏维的诗歌收集在《剑与弦》里。

拉迪·苏莱曼·穆苏维诗歌创作的特点是，对大自然、社会和大众生活景象的外在描写。其内容大部分是对改革和教育的重视，对伊斯兰历史、阿拉伯民族历史的重视，对阿拉伯昔日荣耀的赞美。同时，努力将其与他当代的社会问题联系起来，从而使他的诗歌有明显的双重性，即同时有对过去的和当代的问题的困惑，或者说，是梦想与现实同在。在处理这种双重性时，他采取的是通过传统的修辞和外部描写，实现统一，充满了劝诫和说教。在艺术表达上，基本像欧莱德一样，在一首诗里保持同一韵律。

我的祖国阿瓦勒[1]

我的祖国阿瓦勒，美丽的大花园，

就在那伊甸乐园之间。

椰枣树茂盛，

犹如一个个要塞的卫士傲然；

又像太阳神城的一座座灯塔，

建造艺术精湛。

累累果实密集成串，

隐蔽在柯枝之间。

蜜汁不能与它相比，

远不及它的甘甜。

它慷慨给予，

你所希冀的一切期盼。

它的大地遍布草场，

把绿色的身躯展现。

它的海岸如宽大的舞台，

使百鸟放声鸣啭。

生活的乐曲嘹亮，

发自每一颗舒畅的心间。

人民永远努力勤劳，

从不把奢望垂涎。

当希望的目标确定，

他们愤然而起，

仿佛有千百精灵助战。

对死亡，他们从不恐惧，

---

1 选自诗集《剑与弦》。

因循也未让他们疑虑不安。

尽管艰难与阴谋，

尽管专横与诬陷。

尽管外国人闯入，

要小心提防和经受考验。

但人民团结一致，

不分什叶和逊尼[1]，相互并肩。

在凯撒伊[2]和伊本·吉纳[3]的语法里，

这些规律从未出现。

这些规律的证实源自我们，

是我们的人民将其实现。

清晨，你将它用歌吟唱，

让所有跳动的心听见。

歌者的吟唱连续不断，

它已化作雄壮歌曲响彻宇寰。

（王复　译）

1　什叶派和逊尼派：是伊斯兰教的两大教派。

2　凯撒伊：即艾布·哈桑·凯撒伊。生于公元七三七年，是阿拉伯语法库法学派的真正奠基人。

3　伊本·吉纳：全名艾布·法塔赫·本·吉纳，生于伊历三二二年，基本属于巴士拉学派的阿拉伯语法学家。

妳可还记得 [1]

每当我在孤独的客居时想起妳，

双眼婆娑不断的泪滴，

记忆把我的心扯碎，

伴着哀愁我离它而去。

我们相会的清晨妳可还记起，

菩提树叶为我们荫蔽。

我承接了妳的承诺，

妳送给我的一吻尽是恬静。

我把我的吻印在妳的唇上，

胸间的激情如炉火遭受压抑。

当我记起那痛苦的别离，

和跳动的心将遭受的痛戚，

我的心为妳的心恸哭，

我的泪水为妳的双眼充溢。

当我幡然苏醒，

让期盼死亡的歌在周围响起。

"我问候妳，我悲伤而热切的心

正与疯狂搏击。

我将永远被绑缚在对妳的爱恋里，

妳将永远是我的唯一。"

（王复　译）

1　选自诗集《剑与弦》。

艾哈迈德·穆罕默德·哈利法
（生于一九二九年，卒年不详）

出生在巴林的吉斯拉村，三岁时，到了宰拉格村，在那里的果园、沙漠和高地之间，度过了他的童年和少年时光，享受了各种不同的自然环境。一九五一年，他来到了巴林首都麦纳麦郊区的格杜比耶，开始了最初的文学生活。接受了普通教育后，开始跟随一些巴林的学者进一步学习阿拉伯语。他很早就开始进行诗歌创作，并在阿拉伯杂志《阿拉伯听众》一九五一年的十一期上发表了他的诗作。第二次世界大战期间，《阿拉伯听众》杂志曾经在英国伦敦出刊。同时，他还在埃及杂志《阿拉伯社会》以及《巴林之声》等巴林杂志上发表了他创作的诗歌。一九五五年，他的第一部诗集《巴林之歌》出版。然后，又接连出版了他的另外三部诗集，后来，他把这三部诗集和第一部诗集集纳起来，称之为《四串集》。他像当时所有的王公贵族出身的诗人一样，首先尝试写奈伯特诗歌，把沙漠贝都因人的语言作为用标准阿拉伯语进行诗歌创作的基础。

艾哈迈德·穆罕默德·哈利法目睹了二十世纪阿拉伯社会的革命斗争，他的心为之震动。因此，在他的第一部诗集中，表达了他对埃及革命、阿尔及利亚革命和巴勒斯坦斗争的热情的赞颂。与此同时，他的爱情诗歌充满了细腻的感情。

艾哈迈德·穆罕默德·哈利法诗歌的另一个特点，是反映了环境对他产生的影响，特别是自然环境，成为他诗歌中的一个重要内容，他甚至被称为是"当代诗人中，第一位注意到采珠业和采珠人工作的诗人"。当然，由于他出身于巴林王族，因此，对采珠人付出的辛苦和遭受的苦难不可能有深刻的表达，而是从表面现象上，赞颂了采珠人的勇敢和自豪。因此，他虽然是这种关注的先驱，并且不断扩大自己在诗歌中对其的关注，但却不可能在艺术和客观层面实现更大的发展。

艾哈迈德·穆罕默德·哈利法的诗歌创作明显地分为两个部分：自我和客观。自我部分表现在他的爱情诗和自然诗里，首先是诗人心悦喜爱的现象：蜃景、溪流、牧场、沙漠、沙丘、骆驼、帐篷、驼队和牲畜等，这一切都深刻地反映出了他地地道道的阿拉伯贝都因人基因，"使你记起了内至地区[1]的诗人，记起了那里的高地和那里的风。"但是，当他不是对某一地区，而是对整个大自然进行描写时，他就使你"想起了浪漫主义诗人们，想起他们在呼唤大自然的怀抱，与其为友"。在这方面和对女性的描写方面，诗人表现出了很高的艺术水平。

---

1 内至地区：指阿拉伯半岛的高原地带。

　　这种内容上的两种分割也使他的艺术形态出现了分割。他的表现自我的诗歌，具有明显的浪漫主义情怀，充满对自然景观的痴迷，他的想象总是大胆地翱翔，他使用的韵律短小而多变；而那些描写客观内容的诗歌，主要是对各种不同场合、对外部事物的描写。在韵律方面，则是对传统韵律的严格遵守。这一特点，使有些人认为，"尽管他的诗歌在基础构建和内容方面，已经体现出了新的文学浪潮，但是，他基本上仍然保持着传统的风格，保持了纯正的阿拉伯特性。"

　　艾哈迈德·穆罕默德·哈利法诗作中自我与客观的分割构成了他诗歌创作的一个鲜明的艺术特点，即一方面是被幻想和浪漫驱动的展翅高飞的诗句，另一方面则是刻意讲究的韵律安排。

　　在韵律方面，艾哈迈德·穆罕默德·哈利法有意使用了变化的诗韵和韵脚，并且不止一次地进行了前后顺序的颠倒，甚至不惜走出严格的传统框架，从而使他的诗歌具有一些特殊的节奏感。

采珠人之歌 [1]

我是大海里的采珠人，
辛勤和坚毅将我伴随。
我与狂风共同生存，
下潜上游从不停顿。
岁月教会我，
勇敢与坚韧，
给了我一颗怀揣抱负的心。
渴望自由工作无所羁绊，
我是波涛、风暴之子，
是黑暗和黎明的后裔。
我与风暴搏击，
我放声岁月的初始，
我目睹大海深处的鲸鱼，
奔跑着游弋。
我永远不会惊慌恐惧，
面对惊吓轮番打击。
暗夜漆黑，
我的船奋勇前进，
在波浪和岩石间穿行。
仿佛它从不知道，
风暴狂怒的威力。
安静弥漫胸怀，
心臆间跳动着希冀。
我正和苏莱曼相伴，

1　选自诗集《巴林之歌》。

乘坐着他的飞毯穿越。[1]

我在深远的大海之底，

把世间罕见的珍珠采集，

我哼着甜美的歌曲，

在深夜，

在黎明的晨曦。

漫长的悠悠岁月之后，

我和大海后面亲爱的人，

传递着情话密语。

（王复　译）

1　意为真主（伊斯兰教称为真主或安拉，基督教则称为上帝）让风承载着先
知苏莱曼的毯子。

月光之下 [1]

皓月圆悬，
予我杯盏。
生活舒适，
花苑人间。
监视不在，
尽情爱恋。
春情骚动，
热情正燃。
啊，美艳仙女，
不曾知晓。
如此面庞，
诗的灵感。
一人独处，
仰此面颜。
灵感骤至，
辉煌灿烂。
眷恋凝视，
微微笑靥。
飘然转身，
拥我胸前。
凝集目光，
进我眼帘。
渴慕柴薪，
你我燃遍。

1　选自诗集《酷热与蜃景》。

两相拥抱，

痴醉如眠。

滑落不觉，

手中杯盏。

忘怀生命，

不知时间。

晨曦已现，

不记世间。

（王复　译）

阿卜杜·拉赫曼·穆罕默德·拉菲仪

（一九三六年至今）

出生在巴林麦纳麦。他在巴林完成高中学业后，前往埃及开罗大学学习法律，成为阿兹·阿卜杜·拉赫曼·盖绥比的同学。但他在大学三年级时中断了学习，开始从事教育工作，后在国家法律事务部工作。随后，转到新闻部工作，在文化艺术司做文化事务监督工作。

阿卜杜·拉赫曼·穆罕默德·拉菲仪在小学学习时，便开始写诗。他分别用标准阿拉伯语和巴林方言进行诗歌创作。用标准阿拉伯语写的诗歌收集在三部诗集里，其中最主要的一部题目为《四大洋之歌》，于一九七〇年出版。用巴林方言写的诗歌收集在另外三部诗集里，一九八〇年，他以《民间诗歌》为题，将其集纳在一起出版。

阿卜杜·拉赫曼·穆罕默德·拉菲仪的第一部诗集只有两首诗，每一首诗仅有一句。但是，就是由于这两首诗，他便在教师和同学中享有特殊的地位和"诗人"的称号。

在巴林诗歌从传统走向现代的变革中，阿卜杜·拉赫曼·穆罕默德·拉菲仪是阿兹·阿卜杜·拉赫曼·盖绥比的优秀的帮手。那时，阿兹已经在很大程度上实现了欧莱德的诗歌艺术和形式方面的梦想，而他则在通过细节、事件的详细描写方面做出了努力。因此，在他的诗歌里，有对日常问题的客观反映，而不是突出情绪、思想和感情。这一点，开启了巴林诗歌中新的尝试，即在形式上使用音步，开始有意识地摆脱用词艰涩、装饰感很强、吟唱性很强的古典阿拉伯诗歌形式。当然，这种摆脱并非完全彻底，他的一些诗歌仍然遵循了阿拉伯古典诗歌的风格。

从诗歌的内容来看，他的诗歌具有强烈的社会意识和人道主义内涵。他能够表达人们的痛苦和希望，能够真实、自然和朴素地表达穷苦的、受压迫的人们的现状。因此，我们可以从他的诗歌里，看到各种现实生活的形象和感受。

他在诗歌里，梦想一个充满正义和爱的世界，没有人为的社会差异。但是，严酷的现实使他迅速地从这种梦想中醒了过来，使他感到实现梦想的希望渺茫。于是，他的情绪便被浓重的悲观、失望、徘徊和焦虑控制，使他迷失在生活的沙漠里，变成了一个追逐蜃景的陌生人。

这种观点在阿卜杜·拉赫曼·穆罕默德·拉菲仪的诗歌中表现得形象而清晰，并为他的诗作染上了悲愁的色彩。使他对于人类、宇宙、存在和虚无现象的思索被赋予强烈的悲观色彩及对生活、命运和死亡的愤怒。在他不断的思索中，又总是充满怀疑。

　　但是，除了悲观和失望，有时，他的内心也会变得安稳，面对死亡和命运表现出知足和淡定的情绪。在这种情绪下写出的诗歌，又变成了对一个充满爱、善、美和公平世界的歌唱。

　　在他的描写感情的诗歌中，他描写的是个人的感情、迷失、焦虑、紧张和惶惑，并且，以一种象征性的手法，描写自己的痛苦和怀疑。

一行诗[1]

起来，高贵的阿拉伯人民，
莫要昏睡，奋起前行！

（王复 译）

---

1 这是诗人开始在他的学校获得"诗人"称号的一首诗，仅有一句。题目是
  译者所加。

你从沙地里长起 [1]

我的女友，

她家乡的太阳是强光的河流。

那里的土地未享上天恩赐的雨润，

春天的笑声，与果实，

但是，那里风的吹拂创造美丽。

我的女友从沙地里长起。

命运之手，

在拥挤的路上把我抛掷。

我捧在胸中的心尽是泪滴。

啊，我的女友，你若出现

在我孤寂、陌生的生命之路，

犹如绿洲突现在漠漠荒原里。

我前行……带着在你宽敞天堂里获救的希冀。

但天际后面的一个声音发出了沉重的回声，

犹如坟茔堆里死亡的低语，

用恐惧的波浪把我围起。

它说：站住，你不是为春天而生，

生活在春天里的人不幸，

没有感到春天生活的幸福乐趣。

啊，我的女友，

你在舒适的闺房里梦想快乐，

让我记起自己的悲伤不已，

我和思想搏击，

1　选自诗集《四大洋之歌》。

我独自前行，无伴侣，

在痛苦的大洋里，

走向被淹没的岸的边际。

那里诞生痛苦，

我把面庞用手托起，

将手掌淹没在泪泉里。

一九五六年于开罗

（王复　译）

游击队员日记

（一）

当夜色笼罩，
平川和山陵入睡，
我们走出根据地。
狼嚎使我们振奋，
我们饥肠辘辘，
将其搜寻，
将其捕获，
这豺狼可解饿充饥。
大炮是我们的同伴和朋友，
我们同伴的饥渴奇特，
每当腹空，
几只猎物不足充饥。

（二）

我们步步为营，
策划夜晚行动的精细。
有人暂歇小睡，
我把思绪
带回我的故里，
带进我的诗行里，
带回莱伊拉[1]身旁，

---

1 莱伊拉：指女友。

听到她的话语：

– 你已经匆匆与我告别，

我们将要分开，

我的心烈火燃起，

明日，消息将在街区传开，

说你已在巴勒斯坦的土地。

家人和邻居来到我的家，

心怀对我的夷鄙[1]，

我将坚持忍耐，

活在对我们昨天的记忆里，

人们讲述我们的故事，随其心意。

（三）

我们歼灭，我们杀敌，

我们坐在那里听着扬声器。

橄榄树林把我们隐蔽，

菲鲁兹[2] 的歌声传来，

为我们祈祷，用其美妙的乐曲。

你好，耶路撒冷，

为你祈祷，耶路撒冷，

热爱你，我的祖国，

我回返……记忆把我拖向

我们共同的日月和时间里。

那时，我们共生一起，

为了你，啊，巴勒斯坦，

真主在心间牢记，

1　此句意为认为她被男友抛弃。

2　菲鲁兹：黎巴嫩女歌手，为振奋巴勒斯坦战士而歌唱。

一刻不曾背离。
那时，人们彼此亲爱，
爱把我们联系。
……

（四）

今晨，我们已经返回，
发动了袭击。
我们中一人成为烈士，
我们把他埋在果园里。
我们跟踪敌人的行踪，
到了丘陵高地。
一个小时未到，
我们彻底消灭了他们的踪迹。
……

（五）

这是我出生的土地，
童年时，我把她的乳汁吮吸。
我的祖辈在这里生息。
指真主发誓，我决不停息，
直到战争做出裁决。
机枪是我的战歌，
还有地雷和攻击。
披着夜色，我们悄悄行进，
悄然之后是巨大的恐惧。
……

（王复　译）

阿兹·阿卜杜·拉赫曼·盖绥比

（一九四〇年至今）

一九四〇年三月，阿兹·阿卜杜·拉赫曼·盖绥比出生于沙特阿拉伯王国的艾哈萨地区，五岁时，随同家人迁移到巴林，并在巴林接受了小学到高中的教育。后继续学习，先后获得埃及开罗大学法学硕士、美国南加州大学国际关系硕士和伦敦大学国际关系博士学位。他先在沙特利雅得大学做英语教师，后几次任官方部长级职务，二十世纪九十年代，任巴林驻沙特大使。

在巴林生活期间，在尚不满十五岁时，阿兹·阿卜杜·拉赫曼·盖绥比就开始了诗歌创作，并用笔名"穆罕默德·阿利尼"，于一九五四年，开始在《驼队》报上发表诗歌，然后，连续用此笔名，在巴林的《祖国报》和《巴林之声》杂志上发表诗作。那时，阿拉伯世界的政治形势和人民呼声日益加强的趋势对他当时的诗歌创作产生了影响，使他的梦幻式的浪漫主义情调染上了革命时期的色彩。

他在开罗大学学习时，于一九六〇年，用他的真实名字出版了他的第一部诗集《珍珠岛屿的诗歌》，收集了他客居异地时的全部诗歌，充满了真诚的思乡之情。

从此，对巴林的热爱，对在此度过了童年和少年时期的祖国的思念一直在阿兹·阿卜杜·拉赫曼·盖绥比的诗歌中展现，而他把于一九八五年在巴林印刷出版的他的最后一本诗集命名为《回到老地方》，也正是他这种感情的反映。对祖国巴林的执着的爱，和他相当数量的关于巴林的诗作及其对现代巴林诗歌的影响，排除了有些人将其视为沙特诗人的看法。

作为一个浪漫主义诗人，阿兹·阿卜杜·拉赫曼·盖绥比的诗歌创作引起了阿拉伯文学批评界的重视，认为，除了易卜拉欣·欧莱德，无人能与他相比；在年轻的诗人中间，在表达思乡、客居异地和焦虑时，没有人能像他那样，以一种集合了古典的庄重和优雅的音律、表达的透明和构架的清新和启示的能力的风格，构成了一种浪漫主义的流派。特别应该强调的是，他这种浪漫主义的核心，正是他对海湾的思念，对巴林的热爱。

阿兹·阿卜杜·拉赫曼·盖绥比的诗歌创作，代表了海湾诗歌创作中，乃至海湾所有文学创作中的相互支持的崭新的面貌，反对海湾地区被分割的现实；但同时，又强调了多样化和区别化的重要性，从而，使他个人以及他的诗歌创作有了活力，这种活力主要表现在自我与客观或者说是个人与全体的辩证关系上。

阿兹·阿卜杜·拉赫曼·盖绥比对于巴林文学，特别是巴林诗歌的影响不可忽视，他犹如一座桥梁，使现代文学，特别是诗歌，从欧莱德和穆阿维达的浪漫主义，不协调的、破碎的现实主义阶段，走向了新诗阶段，具有了紧凑的、奔放的艺术现实主义的特点。

从写作风格来看，阿兹·阿卜杜·拉赫曼·盖绥比的诗歌分为两类，一类是严格遵循传统的阿拉伯诗歌的风格，而另一类是努力摆脱传统的音步的诗歌。他的诗作颇多，从一九六〇年到一九八五年，共出版了七本诗集。一九八七年，他将这些诗集汇编成了一部诗集。除了诗歌，他还有内容各异的散文作品，最重要的则是他的自传。

巴林"作家与文学家之家"成立后，阿兹·阿卜杜·拉赫曼·盖绥比直接成为其会员，并参加了该组织于一九七〇年一月三日举办的第一届诗歌晚会。但是，当该组织所遵循的现实主义路线逐渐变得清晰时，他立刻离开了，认为那与他的浪漫主义风格和他的社会思想追求相悖。但是，他对于巴林的热爱，他在自己诗歌中表达出的对祖国的真情，使他始终是巴林文学界热爱的一位诗人。

一年之后

铁锁把我的口舌禁锢，
启动言语是我的希冀。
我不怕监视，
也不怕一千个污言秽语者
用石头把我砸击。

面对枪口，
诗人何所作为？
他只有笔，
他只能把痛苦拥在怀里。
他未遭受恐惧的火焰……
也未走进战壕里。
他未曾迷失在西奈……
留下焦渴的足迹。
他不曾在耶路撒冷战斗……
成为烈士倒地。
他毫无作为，只有词语……
面对哭丧妇女的泪水，
罪孽感噬咬，他十分卑微，
何是诗人所为？
他只能写诗，虚伪的诗……
抚摸死者的记忆令他羞愧，
只能在泥土中游泳……
一次次把失败咀嚼回味。

我们已经失败，

因为我们在扬声器后面作战，

那天我仍在记忆，

一年已然过去？

我们随扬声器投入

新的哈廷战役[1]，

我们与扬声器

共享卡迪西亚[2]的光荣，

它把胜利向我们传递……

沙漠里，扬声器落在我们身后，

随着悲歌的节奏，

一具具尸体倒下，

没有光荣业绩……

我们状如男子，

却无力抗击。

啊，我沙漠里的兄弟，对不起，

如果我们把你忘记……

我们已经酩酊，尘世眩晕昏迷，

当我们负伤而行，狼狈不已。

我们愤怒，我们咆哮，

我们踉跄倒地，

被压抑的呐喊耻辱充溢。

我们尝尽无能的痛苦……

像女孩一样哭泣，

野蛮的手在她柔嫩的皮肤上恣虐肆意。

---

1 哈廷战役：哈廷，位于巴勒斯坦，历史上发生过著名的哈廷战役，萨拉丁领导的穆斯林军队大败十字军队伍。

2 卡迪西亚：指卡迪西亚战役，是七世纪伊斯兰教四大哈里发时期，阿拉伯穆斯林军与波斯萨珊王朝军队之间的一次关键性战斗。战役以波斯军队的失败结束。

失败了，安塔拉[1]的诗句，

返回了，艾布·塔依布[2]的马匹，

没有胜利的嘶叫相随；

艾布·台玛姆[3]的刀落地……

雄狮惊骇恐惧。

我仍然驱赶着骆驼

与死亡密语……

仍然向莱依拉[4]的庭院呼喊，

我对莱伊拉说：

我将用匕首把米扎吉飞机[5]捕捉与你。

喂，敢死队员！

大地呼唤他，

他已返回，

发誓与死亡抗争或为大地雪耻。

我们可慷慨对你，

用几块钱币，

和美妙的歌曲，

还有大喊着让你返回的诗句。

但是我们不爱行走在子弹的夜里，

任死亡之魂在你面前游移。

请你选择……

1　安塔拉：是阿拉伯蒙昧时期著名诗人，具备诗人的才华和骑士的勇敢。

2　艾布·塔依布：即阿拉伯阿巴斯王朝时期诗人艾布·塔依布·穆太奈比
　　（九一五年至九六五年），其诗歌多富有哲理。

3　艾布·台玛姆：（七八八年约至八四五年）阿拉伯阿巴斯王朝诗人。

4　莱伊拉：《莱伊拉的痴情人》的传说故事的女主角。

5　米扎吉飞机：一种大飞机。

等待我们高尚的欢呼，
忠告与赞美。

可尊敬的长老对我说，
我已把幔帐准备，
它能摧垮军队，击落飞机。
奇迹！

我的兄弟们，莫要生气，
如果我说，
我们仍幼小无知，
我们仍从昔日的乳房哺乳，
一个口号一个口号地吮吸。
我的兄弟们，莫要泄气，
幕帐未将伤口遮蔽，
当我们嘲讽自己，
当我们推倒墙壁……
行走着，被风抽击。
我们将长大返回。
偕同成熟和睿智。

（王复　译）

我们的爱 [1]

不像火，亦不像风，

使我心充满高兴。

不像水流，不像浪腾，

在我的血液里涌动。

我们的爱来自沉默

似种子在土地中滋生；

我们的爱轻轻渗透，

如甘美浸入树的心中；

我们的爱是上天温柔的孩子，

我们的爱闪耀在你的双眸；

像海湾之夜的圆月，

一篮珍珠，一捧茉莉为你奉送。

我看见了什么，

在绿色的世界里，

在纯净的海水之中？

我在海边的沙滩上度过夜晚，

我的日月在海上……

潜水时夜晚浓重，

麦纳麦灯火通明。

啊，最昂贵的珍珠，

采珠人安返回程。

我们的爱在你唇上轻奏乐曲，

翡翠的泪滴……

人们的热情，

---

1 选自诗集《没有旗帜的战斗》。

渴望的公正；

梦寐绿色的荒漠，

我祖国的伤痛，

这乐曲震撼着我的心，

节奏滔滔不绝的歌声。

这里有一支歌，

发誓让春在寒雪中生长；

这里有一支歌，

在暴虐横行的夜信仰黎明。

这里有一支歌坚持不懈，

掌掴卑贱的鬼影。

我们的爱，最美的月明……

啊，最甜美的乐曲如生命，

像天上的世界……永生，

太阳与星辰的边际，

在开始昭然的尽头相逢……

（王复　译）

尤素福·哈桑
（一九四二年至今）

　　出生在巴林迪叶村里一个保守的贫穷家庭。由于生活贫困，一九五六年在海米斯小学毕业后，他未能继续正规的学业，而是进入了巴比库公司的培训学校学习。一九六七年，他拿到了高中毕业证书。后考入黎巴嫩贝鲁特大学阿拉伯语系，一九七一年获学士学位。

　　一九六九年，他加入巴林"作家与文学家之家"，是该组织创始成员之一。

　　从二十世纪六十年代起，尤素福·哈桑开始在巴林报纸上发表自己的诗作，并在一些诗歌比赛中获奖。创作初期，他的诗歌都是柱形诗体（即所有诗行长短一致，没有分段，呈柱状排列），但是，在他进入了"作家与文学家之家"并参与其活动和管理之后，很快向注重音步的形式改变。后来，由于长时间忙于经商，未能参加该组织及其他的文化活动。当他再次进行诗歌创作时，又回到了柱形诗的形式。

　　从商业活动的回归，表现在他又开始写作并在巴林的报刊上发表诗歌，以及再次回到"作家与文学家之家"的队伍之中，并开始了对他第一部诗集的准备工作。

尤素福·哈桑的诗歌中，对传统的继承明显，变化缓慢。但是，他最突出的特点是，他几乎可以被看作是巴林现代诗歌中第一位描写农村和农村里的人们的困苦和艰辛的诗人，表达了农民们的悲愁和忧虑，从而为新诗歌的字典里添加了许多他为自己所生活的农村环境以及农村的现实呼吁的新词汇，这使得他的诗歌呈现出了以下特点：首先是内容上对农村生活艰难的表达；其次是，诗歌形象的简单和句子表达的简短以及象征手法的直接使用。

除此之外，尤素福·哈桑的诗歌，对于阿拉伯传统因素和伊斯兰内容的使用很多，他力图用这些因素表达现代的、现实的意义。

他第一部诗集的题目是《村庄的歌》。

啊，被禁锢的美（节选）

当暮色初降，
当太阳走向闺房……带着疲惫，
缓缓迈步，
光照浸染西斜的路上。
在落日床榻之下，
我们迅速蠕动，清新一口饮光
我们把大海击碎的一切收集，
装满陶罐，置入爱的仓房。

（王复　译）

沉睡的村庄

啊，同伴……我觉得我在融化，

我体内有种东西……暧昧神秘，

把我交由黄昏，

燃烧我园中的椰枣林，

啃噬树木，

抽去我眼中的明亮，啊，同伴，

使月华熄灭。

啊，同伴，我觉得

我体内有一种模糊的东西，

可能如魑魅妖怪，

它的马队正把我的血管踏碎，

蹂躏内心和田野里的作物，

它的眼睛如血盆大口盯着我们，

询问我们目光交流的低语，

它在黑暗中迅速溜过，

用十字架钉死沉睡的人们。

啊，同伴，我觉得

沉重的脚步声……如背叛的步履，

在我们家园杀戮……心的鸽子，

在我们青年中暗害……男子气概的苞芽，

把烛光扑灭，

在花园里践踏，

从露珠欲滴的茉莉到芬芳四溢的花衣。

啊，同伴，我觉得

我们家园的香料商，

那些卖香料的人，

像我们口中的呕吐，

像胸腔里的肺病，

像蝗虫大军，

正把人类的种植扫荡吞食……

啊，同伴……

我觉得我正在融化，

在不知思念和没落的村庄里，

它的心中无爱无梦，

也不懂爱和希冀，

它向真主祈祷和平，

把保护与平安求祈。

啊，同伴……

我觉得我正在融化，

如我那被抛置路上的爱，

风正把它荡平吹去。

它像一支歌曲，

跳动在姑娘的睫毛上，

飞快逝去。

在我的村庄里，

过去和今日依旧，

女人们被判处死亡，

男人们被关进监狱……

一九六九年十二月

（王复　译）

阿里·阿卜杜拉·哈利法
（一九四四年至今）

出生在巴林穆哈拉格岛的一个贫穷的采珠人的家里，在巴林完成了高中学业。学习之余，兼职打工，补贴家用。高中毕业后，在麦纳麦的海关工作。

学习期间，阿里·阿卜杜拉·哈利法就在穆哈拉格的学校的墙报上发表了他最初的诗作，然后在新闻月刊《这里是巴林》上，连续发表诗歌。一九六五年，巴林报业恢复后，开始在《艾德瓦》（光明）报上发表他的诗作。一九六九年，他第一次将自己的诗作收集在一起，以《水手的叹息》为题目出版，作为他的第一部诗集。这部诗集在内容方面，是通过对采珍珠人潜水的艰辛和与大海搏击的经历的描写，反映了巴林劳动者的生活实际和遭受的苦难。一九六五年三月，巴林石油公司开除了上百名工人，学生和各种政治团队组成国民进步力量阵线，上街示威游行，遭到政府打压。而这部诗集则是在由此产生的新现实主义诗歌阶段中出版的第一部诗集，代表了巴林新现实主义诗歌的开始，确立了在形式和内容上有别于之前的巴林诗歌的新诗歌的面貌。

第一部诗集出版后一年，阿里·阿卜杜拉·哈利法出版了他的第二部诗集《干渴的椰枣树》，采用了民间轮回曲的形式。同第一部诗集一样，这部诗集受到了民众的好评。这两部诗集的不同之处是，《水手的叹息》是用标准的阿拉伯语写成，而《干渴的椰枣树》则是用巴林方言创作。他的第三部诗集是用标准阿拉伯语创作，题目是《渴望祖国》，第四部诗集是使用巴林方言的《夜之雀》。

除此之外，阿里·阿卜杜拉·哈利法发表的诗集还有：《告别绿色女士》（一九二二年，麦纳麦），《钟情者的天仙》（二〇〇〇年，贝鲁特），《不像树》（二〇〇五年，贝鲁特）等。

阿里·阿卜杜拉·哈利法是巴林新文学运动的领导者和杰出代表。他的采珠人家庭出身对他的诗歌创作产生了深刻的影响，使他创造了一种新的诗歌题材，即潜水采珠诗。他的诗歌如实地表达了潜水采珠过程中的种种冒险经历，极大地丰富了海洋文学。海洋文学以表达海洋世界为目标，海洋是事件和人物的主题。而阿里·阿卜杜拉·哈利法的诗歌创作，是巴林新诗歌进入了形式和内容的新阶段的代表。他的第一部诗集《水手的叹息》，是对他之前的阿兹·阿卜杜·拉赫曼·盖绥比和阿卜杜·拉赫曼·穆罕默德·拉菲仪所开创的音步诗的形式的肯定。同时，在内容上，又是生动的、现实主义的表现。在诗歌语言的使用上，阿里·阿卜杜拉·哈利法使用了朴素、简洁的语言，甚至在很多时候，还使用了近似散文的语言，特别是那些反映现实生活的诗歌。

在他的第三部用标准阿拉伯语创作的诗集《渴望祖国》里，阿里·阿卜杜拉·哈利法付出了艰辛的努力，超越传统诗歌的标准，在韵律、语言和内容方面，都有许多创新。

因此，阿里·阿卜杜拉·哈利法的诗歌创作历程被公认为是巴林真正的诗歌过渡的第一个标志，即从传统的浪漫主义诗歌阶段向阿里·哈利法之后到来的新现实诗歌阶段过渡。在他之后，这种新现实主义诗歌得到了极大的发展，有了更大的超越。

他用诗歌来表现人，特别是他的祖国巴林人面临的各种问题和他们的关注。他关心整个人类所遭受的痛苦，吟诵他们的梦想和希望，特别注意表现现代人生活的悲剧。他属于那种揭示人类痛苦、与他同时代的人们共同承受各种心理的和文明方面的压力的现实主义的诗人。

在他之后，新现实主义诗歌得到了极大的发展，有了更大的超越。

除了用标准阿拉伯语和巴林方言进行诗歌创作外，阿里·阿卜杜拉·哈利法于二〇〇六年，在巴林出版了法语版诗集《唯一的月亮》。除了诗歌外，他还写了三部歌剧：《荣耀的制造者》（一九九六年），《我们等你很久》（二〇〇一年），《一颗心》（二〇〇二年）。二〇一六年，他获得了艺术领域的世界大奖。

除了诗歌创作，阿里·阿卜杜拉·哈利法对民间遗产的继承、发扬与保护投入了极大的关注，目前仍担任在巴林出版的旨在研究与传播民间文化遗产的季刊《民间文化》的主编。二〇一六年，巴林被选为《国际民间艺术组织》二〇一七年至二〇二〇年的主席国，阿里·阿卜杜拉·哈利法承担了主要的负责工作。

水上的足迹 [1]

我们等待你，很久很久……
我，夜和城墙，
窗扇和所有的路径，
沉默不可能，
我的周围都是眼睛。

思念在眼睑上跃动着期待，
我们等待你到星辰出现，
从浓重的黑云之间出现了北极星，
我们嗅到了……
倾斜黎明中芬芳的灼热气息。
但愿你来到，与太阳同升。
今天，恋人们走过，
烟与灰烬之间，
你不曾踩踏利刃，
忍受爱的俘虏的苦苦钟情。
你在我们中间贩卖了太多闲言……
让蜃景矮株绿叶滋生。
于是，我们只能在被揭开的裂缝里
　　藏身，衷肠互倾。

我们等待你脉动已燃的母亲……他 [2] 正返回。
她在空旷的街巷寻找徒劳，

1　选自诗集《祖国的记忆明亮》。
2　他：指下面提到的奥贝德。

她悲伤地望见远处的行人，

奥贝德回来了吗？她向墙壁发问。

一秒秒的印记深凹，

我在同伴面前奔跑不停，

不顾疲惫，

在他们中间宣扬革命……

发出愤怒的激情。

揭开你伤口上的纱布，

举起你的伤处，

　　－谁把伤口上的灰土除清？

　　－他们把他带走，还有那伤痛。

雇佣兵举枪瞄准，

踏上灯的残砾，

击碎鲜花美景。

星星堕落空地，

为大地着色……扭曲……休停，

我们分散四方，

但愿我今日手握枪柄。

那是跳动的一天，在三月里，

当干渴的椰枣树说：我的干涸，

我们忍耐着，很多很多，

沉默的行装已经束起，

忍耐在焦渴中死去。

甘甜的泉水汨汨，

消耗着海底的丰腴，

一只只口角贪婪，

经由树液，盐分进入口里，

但我们仍把果实给予。

果园垣颓……但在歌唱，

歌声带来的回响破碎支离，

它的声音双脚踟蹰，

在海湾水面上漂移，

包围岸边，歌唱毁灭，

椰枣树向太阳生长展枝，

长大了，果园之女……

发育了，

迎着不可能之风的吹击。

饥渴的女孩，遭受了一代代的侵袭，

在死人堆里，马蹄曾把她践踏，

她也曾被送与丑陋的人奴役……

她曾遭受烈火烧烤，

被鞑靼卫队踩躏……

她曾被屠杀，

成为大炮的食物，

和刀剑砍断的残肢断臂……

她更充当过城堡前的防御工事。

饥渴的女孩，遭受着一代代的侵袭。

邻里的悲伤把她践踏，

各家生活在焦渴里。

天花病留下了千万疤痕，

破旧鞋钉的刺伤朝朝不离。

长大了，果园之女……发育了，

迎着不可能之风的吹击。

浇灌她的是鲜血，

你[1] 曾是屈辱的历史，

是装盛贫困的容器。

你抗拒那效忠的历史，

你也被它顽固拒绝。

今天，我记起了你的父亲，

那天，未能把铁枷击碎，

阿尔比阿[2] 大市场尚在晨曦，

面对睽睽众目，他们拖拽着他，

在粗硬的土地……

椰枣树枝柔韧绿嫩，抽进他的皮肉里。

啊，伤痕累累，鞭子噬咬肉体，

那身躯如烈火上的锅炉，

泥土粘混血迹。

他握紧双拳，说：

我以太阳起誓，只要太阳天天升起，

我永远是她的父亲，我起誓。

如果我死去，我将活着，

重新活着，每天每日。

你的血滴，

浸染了通往学校路上宅院的墙壁，

子弹的回响，

记录了二十四日阿尔比阿的晨曦，

那是激动的一天，在三月里，

---

1 你：指阿卜杜拉·侯赛姆·纳吉姆，在一九六五年三月起义中牺牲的巴林烈士。

2 阿尔比阿：是一个民间集市，每周开集一次。

他赤手空拳经过这里……

万众之间雄峻无比。

当烈焰肆虐，队伍支离，

他矗立岿然……呼喊着，

被审判人的咆哮：绝不放弃。

各种时光的孩童们，

噢，我的生命有何裨益？

我让太阳升起

否则，化作黑暗中的烛光熠熠。

他坚挺始终，子弹未中，由于恐惧……

他无力地靠着墙壁……

他久久地亲吻着大地……

他燃烧在烈焰里。

一九七一年三月

（王复　译）

桅杆的呻吟 [1]

多么悲惨，他们已经启航，
怜悯那忧愁吧，
席卷我的内心，
泛滥疯狂。
多么悲惨，饱受折磨的日子，
把我皱褶初现的身体损伤。
啊，他们已经启航……所有的伙伴
开始出发，带着渴望，
大海里的船桨……
努力而有序，
而那桅杆送出呻吟的忧伤……
与唱海歌的人齐奏一曲……
不能忍受的悲怆。

我独自一人，和黄昏的忧伤，
海浪拍击着喧嚣，
把女人的话语，告别的抽噎扰乱，
孩童流淌的纯洁泪滴不断。
他向母亲求助……双眼尽是呼喊
一个急切的问题在心间……嘶哑的希望
爸爸，如何相见？？
也许相见艰难。

---

1 选自诗集《桅杆的呻吟》。

啊，被刺伤傲慢的舵手！

有人被抛置在岸，如死尸一般

遭大海嫌弃，死于暴虐者的法律，

多年煎熬的生活之后，

在呼唤的众口之间

有人叫喊：来吧，把你的订金[1]拿去。

几多哭泣，我的心充满恐惧。

我尚年少，开始海上搏击。

泪水和叮咛是母亲的送别，

父亲祈求真主让我长大成人。

我肩起重担，在冒险上留下足迹

只为把吸引珍珠商的珍珠寻觅。

也许命运把上等珍珠赐予，

采珠人从未见此质地。

它镶嵌在贝壳中心

我把崇拜的目光投去……

第一次也是最后的一次。

然后，把受雇的稚嫩的手伸出，

把悲伤植入我破碎的心底，

把它遮蔽，

我的运气是穷困之口的吃食。

在潜水的白昼，

我观看大海，

1　采珠人在每个采珠季开始时，都会从雇主那里拿取订金，留给家人支撑生活和购买采珠所需。

用采珠人的烟叶填满勇气，
跌跌撞撞行走在海底。
我看见了那些人的手，
盐蚀的伤痕，绳割的血迹，
然后，疲劳缠身，黑夜降临，
星星陨落……黑暗摇曳。
夜阑人静，只有嗽声……
呻吟和祈祷的诚意。
带着强烈的幻想我熬度黑夜，
幻影变成我周围浓重的鬼魂，
惊吓着心，把坚定吸尽。

然后，生命的年轮将我包围，
我经历了采珠潜水，
付出努力，得到熟练和敏捷。
我爱恋大海……我们亲密，
我甚至把上岸的愿望找寻，
只因为我对海的爱无与伦比。
我几乎忘记我的孩子们和我的心，
一生一世和我的船游历。
我们众人平分生计，
每当真主将其赐予。

大海的法律偏爱强者，
我的身体已老弱无力，
船桨把我的手掌嫌弃。
不……啊大海，我没有安慰。
当众人把我呼喊，

他们正把帆绳紧系。

真主保佑……相见不远，

我挥着手，泪水模糊眼际……

桅杆开始呻吟，

与唱海歌的人共奏一曲

不能承受的悲戚。

啊，大海，我们的故事太多，

夜对它厌烦，中午将它摒弃。

潜水采珠使我力竭精疲，

但我仍被它掳去。

他们已把我抛在后面，

像残余……卑贱的垃圾。

一九六六年八月

（王复　译）

白色女子

在梦里，它来到我身旁，
白色女子的幻影！
头戴玫瑰花环，白衣飘逸身体两边，
白色女子的幻影！
仿佛我曾在古老的喧嚣中与她相逢，
白色女子的幻影！
她双手把陶罐拥承，
挥手向我：来吧，
拿取杯盏，这奶汁澄清，
我从瞪羚的乳房拿取，
我给你带来的面包热气腾腾，
高贵的椰枣尽是枣树的甜美和香清。

你是谁？我问。
她说：时间最珍贵，我没有时间，
我来自你的土……来自你家人的火……
来自潮涌的威力和咸水的盐，
来自清晨自由的风。
我不解地把手向她伸去，
面包……奶……和椰枣！！
为何将这些食物为我赠送？

拿去吧，尝尝它的滋味
我已向它致意，喷洒了最纯净的水，

那水源自时世未曾产生的雨云。

这面包是我烤制,

揉进了帆的希望,

和港的梦想,

加入的香料是环绕心头的梦想。

我品尝,那滋味从未体验……

我啜饮,顿时酩酊,

我环绕……我旋转不停……

只觉全部时空在接近,

空气染上了鲜花的颜色,

我变得俨然醉人。

沉醉带他游遍苍穹,

跨越大洋,

我觉得我透明……很轻,

我与燃烧的火舌共舞,

我追逐蝶群……嗅闻蓓蕾,

我同情……

我写吟唱的诗歌,

我演奏,为天上的星辰。

我敲击热情燃烧的手鼓,

黄昏时分,柔软的腰肢为其扭动。

我低声诉说爱,直至人影凌乱,

直至韵脚变更……

这一切,使心中爱火升腾……

我觉得,我变得更细薄,更清澈,

我变成了光线,

穿透道路上的黑暗,

把字符印在我的路径。

钟爱抓住我，把我分割成，

一次搏动……一次搏动……

在众多客人面前，

我哭泣，因为我尚未满足……

我呼唤，我叫喊，

白色女子，请来这里，

我需要更多更多……

然后，我觉得我已然一种东西……已然消逝，

我觉得我已然一种东西……一种东西，在溶解……

我活着……我正在死去。

二〇一七年

（王复　译）

在我爱慕的人面前 [1]

我坐在你光明的海洋之旁，
披着夜的静谧……
在一个黄昏之际。
那是歌的秋，
天际上伸展着一线微笑，
和一线哭泣。
生命呜咽像咯咯笑声，但是
是致痛的血滴。
你如人所知，在一切事物里隐匿，
光亮秀丽，你的刀在我们中间闪光，
你的心闪着先知面孔的光辉，
他在苦难的岁月改变着奉献的滋味。

黑暗里，我为你打开窗扉，
以探索你的秘密，可是我的灵魂
时而遭受孤独的折磨，时而
被你冷漠面对。
我虔诚谛听
你把琴弦拨动，
弦无眠，刀转动，
十分机敏精明。
我眷恋凝视，你在那里呼唤，

---

1 这首诗是苏菲派诗歌，寻找美丽存在。选自诗集《告别绿色女子》。

我的心沐浴着你的光明。

我可能因你而苏醒

一群羚羊走向你的光明。

（王复　译）

祖国的记忆明亮 [1]

在这悲愁深深的荒凄之地，
在旷野椰枣树的沉睡
和如森林密集的忧伤之间，
长久的放弃之后我将拥抱琴弦，
求享知足的甜。

在那条路上，歌者
曾被追赶着无处避难。
我看见他在灯火阑珊的后街
彻夜包扎伤口，撕扯着黑暗。
白昼里烈日炙烤，他流离孤单，
潜行在大街区的狭窄小巷，
俨然一个被禁止的故事，
伤害着庄严。

勇敢之词，
从歌者的血液里渗出，
燃烧胸膛，刺痛琴弦。
密探的劲头来了，
但大地却把这歌者隐匿，
猫儿见他也不肯喵叫咪咪。
在一个关于爱的座谈会上，
记得听他说：
祖国，

1　选自诗集《祖国的记忆明亮》。

我们是她贫穷的子民。

无论路有多长，多短，

我们永不言败，

当时世之巅洁白的一天来到，

我们要在其中光耀出现。

我们的步伐仍在路上

琴弓没有离开琴弦，

"勇敢"，朴素的词语，

从血液里涌出，

化作丑陋面孔前的雷管。

但是，就在那个大胆的追赶者

用这雷管对待生命的瞬间，

雷管突然爆炸在他两手之间，

  变成一首诗篇：

  "啊，头盔！

  啊，炮弹！

  大地诞生男子汉，海湾饮入

  鲜血和泪水……把火花点燃

  大地不死……

  大海不死……

  黎明是太阳坚固的灯盏。"

当椰枣树感觉到

热血流进树根，

在悲伤的沉默之后，

串串果实送出笑声，

它与天空为伴，它俯身

只为把额头亲吻，

于是，庄严时刻泪奔。

一朵新的花在路上开放，

你可允许，

我的女士，白云？

书和火柴，

白色的故事

用光和血照亮

对祖国的记忆。

电光是你的手掌，

炮弹碎片使空气充满火与烟。

黄昏时分，我看见你的双眼，

轻敲着每家的门窗。

你的路上拥挤着匆匆步履，

你始终如这土地，

躺在它鲜血淋漓的胸间。

一九七三年七月三日

（王复　译）

恋爱者的仙女……被爱人的自由 [1]

她仿佛用馨香，创造

四溢的芳香令生命欣喜。

她爱潮水汹涌，

如小舟任性，逐浪行进，

不畏海深，不思安全逃离。

她与爱糅合，清晨光辉升起，

从她心底。

傍晚，愉快踏进她的家门，

她高贵，在精神的花园里成熟，

结出最美的果实；在冬季

把最优质的醇酿，

慷慨倾进我的杯里，

香甜世间飘溢。

为了她，我们悲伤死去……

我们没有终结，

死在对她的渴慕里，

是石榴的艺术 [2]。

那飞离而去的云雀的双目，

伴随着行进驼队的焦渴、

咖啡和香料重压背脊。

我若能与她同行，

我褴褛的精神更加破碎。

只觉得我永远是，

1　选自诗集《恋爱者的仙女》。

2　石榴的艺术：代表爱与美。（是苏菲派诗歌，寻找美丽存在）

一株孤草，
呻吟在荒漠里。

仿佛是戴着脚镯的海鸥部落，
发辫香气四溢。
水面之上与天的光华争艳……
趾高气扬飞去。

太阳在羞涩且迟晚地小睡，
直到大海被唤醒，从它的情欲中，
从浪花的伸展和腰身的柔美。

喂，我们今日的女俘，
奔流在我们的血液里，
勾魂摄魄，在梦中辉煌绚丽。
在玫瑰、椰枣树之中和大地，
在女子中间奇特无比。
被舞蹈和腰肢相拥沉醉，
鸣奏和歌唱令其心旷神怡。
你相宜的欢乐舞台，
恰是太空的恢宏与华丽。

每当见你的意愿将我突袭，
四季的变迁携我走去，
走向田野睹见你的美丽，
你的容颜，
使田野中万般色彩苏醒旖旎。
星辰因钟情哭泣，企望把我扯碎，

在那些无灯光的夜里，

我蓦地与天的面孔相对。

仿佛我今天看见你……或在那里

看到不灭的油灯的幻影，

闪亮在被驱散的黑暗里。

你穿透黑暗吧……继续，

你燃烧吧，芳香的蝴蝶，

被以永恒之光的瑰丽。

没有什么比拥抱光明更有裨益，

直到死去，

在那没有终结的长夜里。

（王复　译）

阿拉维·哈希米
（一九四六年至今）

出生在巴林的麦纳麦城。在巴林完成了中学学业后，先后到英国、黎巴嫩和突尼斯继续学习，于一九八六年在突尼斯获博士学位。

阿拉维·哈希米属于二十世纪涌现出的年轻一代的巴林诗人，深受二十世纪五十年代出现的阿拉伯世界现代诗歌运动的影响。一九六九年巴林"作家与文学家之家"成立时，他是创始会员之一，积极参加了巴林国内外的各种会议和交流活动，担任过巴林电台的播音员和节目制作人及《海湾消息报》文化栏目的编辑。其关于巴林诗歌的介绍和评论颇具价值和影响，属于有关方面研究的珍贵资料。

二十世纪六十年代初，阿拉维·哈希米开始发表诗作。六十年代至七十年代初，可谓他诗歌成熟的准备期。其诗歌大量描写了他的感情、希望、痛苦和梦想，讲述了他的爱情经历，甚至描画了他的死亡企图和自杀。在绝大多数情况下，他表达的是内心各种不同的感受和被压抑的强烈的愿望，诗句中充满悲观和痛苦的诉说。这种深入到他的内心的自我的、愁伤的情绪在通过诗句进行表达时，显示出了一种自然和真实，这在他的第一部诗集里有充分的反映。

他的第一部诗集《忧伤从何而至》，收入了他创作于一九七〇年至一九七三年的诗歌。这是一本混合型诗集。这种混合反映在他的艺术表现手法和思想趋向两个方面。他的诗歌大致经历了三个阶段，首先是创作的初始阶段，完全是一种形象的、浪漫主义的表达，歌吟式的诗句，沉浸在个人的爱恋和痛苦之中。在第二个阶段里，他的表达内容开始变得宽广，除了上述内容，我们还看到了他对大自然的热爱，对祖国大地的自然之美、对巴林自古就有的椰枣林和各种迷人的自然景色的痴迷，以至于他在一些诗行里，竟以自然之美切入，去描写人类的苦痛和悲剧，从而使他的诗歌开始忧国忧民，反映人类面对的问题，发出了对当时的阿拉伯人生活的悲剧现状进行反抗和改变的呼唤；从对女人的爱走向对祖国和祖国大地的热爱。第三个阶段，是他的诗歌创作发生重大变化的阶段，即创作思路的发展，对诗歌的功能和其在生活中的作用有了更加深刻的理解，也体现了他进行现代诗歌创作的能力。因此，他努力从个人的忧虑中走出，进入对人、对祖国的忧虑，鼓励对不公平的现实造反，拒绝欺压；从与女人的对话变成对"大地"和"祖国"的爱。

在他的第一部诗集里，阿拉维·哈希米把对话、讲故事、轮回曲和谚语等形式，都用在他的诗歌创作中；以散文的形式，将诗歌分割成不同的场景，实现了逻辑的紧凑，突出了时间感，并赋予内容戏剧式的动态，强化了感觉的描写。

在文字使用上，我们看到了阿拉维·哈希米对一些词的重复使用。但这并非简单的重复，而是力图以反复出现的形式，将悲伤从一种普通的情绪变成充满痛苦的呐喊，把他目睹的阿拉伯人生活的严酷现实、他们遭受的折磨和不幸具体化。

阿拉维·哈希米的第二部诗集以《禾雀和绿荫》为题目，收集了他在一九七二年至一九七六年间创作的诗歌，艺术手法和思想表达的成熟十分明显。表达能力的增强，使他的诗充满了死亡与生存、现实与梦想、期望与等待等事物之间的辩证关系，呼唤对落后现状的革命，努力建设更美好的社会。在这些诗歌里，他采取了更多的对话形式和具有深刻内涵的象征性描写，表现出了他对于高尚的人的道德原则的崇尚。

读过阿拉维·哈希米诗歌的人都会感觉到，他的诗歌的一个重要特点是文字轻柔，简单，易懂，富有歌唱性；感情表达清晰，直接，充满想象，也不乏一种隐蔽的忧伤。同时，他的每一首诗都是一个有机的整体，思绪和感觉和谐地融合在一起。

阿拉维·哈希米也写过一些宗教诗歌。

走出昏迷的怪圈 [1]

（一）

我的记忆里充塞着昨日的百结愁肠。

那是傍晚时分……

和往日相仿，咖啡馆里人声鼎沸，

戴假眼的、患宿疾的、同性恋的。

不少乡亲的脸在日光烤炙下，一抹土黄。

喧嚷声中，往来穿梭的侍者犹如钟表的轮摆……

墙角边座照例属于热恋中的熟客。

（时代的容貌为何独显衰老？

痴情的脸蛋却不见朽迈？）

一头猎犬，眼珠正直勾勾地盯着他们的座位。

工人三三两两散落在周边。

公共汽车穿过街道的寂寥。

嘈杂声中侍者往来穿梭……犹如钟表的轮摆。

曼苏尔 [2] 懒洋洋地斜倚着椅背，

……左肘凭靠扶手，梦呓连连：

时令已届秋天……

西风兀自不肯饶过那株挺立的大树，

梢枝上剩下的几片黄叶，已然蹒跚趔趄……

---

1 选自诗集《禾雀和绿荫》。

2 曼苏尔：诗人假设的一个人物。

（秋天来了，真的吗？

到夕阳西下的时间了吗？

今朝的忧伤未将我与明日割裂，

当下的存在不会使我与即将出现的远离。

近在咫尺的清醒，

不会驱赶我在遥远床榻上的时光。）

绿色线条在蔓延的垂枝上颤动……

另一个时日在延伸，在结实的树皮下滋长，

树身又滋出新生的细胞……

阳光普照……乌云蜂起……大地被遮蔽，

……（树木都枯死了吗？

秋天来了，真的？

又到了黄昏时分吗？ ）

咖啡馆的嘈杂，戴假眼的，

一拨拨工人，一排排树木，一对对新欢……

老乡，公交车，街道……

曼苏尔疲惫不堪，

侍者的声音使他睁开了眼：

你喝点什么？

……

汽车在街上穿行……

眼前一切都已黯然失色，

一个个身影了无光彩。

（我松弛手掌上的十指犹如凋谢的落叶，）

它们都像幽灵般翩翩起舞。

（我松弛手掌上的手指抻长了……）

它已无法触摸。

我肚里涌流着一条烈焰冒过头顶的大河，

鸟儿在失望中惊醒，

啄着我的太阳穴，冲脑袋唾吐沫……

把我丢在座椅上，一个肿胀的身躯和脑袋。

我的记忆里是昨日的重重心事。

公共汽车又回来了，穿过街道。

侍者像钟表的轮摆，过来又过去……

曼苏尔时而入梦，时而昏厥。

咖啡馆鼓足肚皮：猎犬、同性恋、陌生人……

热恋者在夜的记忆里横遭折磨，

唯有曼苏尔在拼杀……

他在心坎里展开一片天空，

在杯底捞着陨落的星辰。

昔日，曼苏尔是囚徒……

他为老情人们

打开头顶的天窗。

昔日，沮丧的曼苏尔愁容满面……

他身陷囹圄，孤身一人……

但，回声在心里打开了一片天。

秋天来了……是真的吗？

难道又到了黄昏时分？

（二）

我的记忆里拥塞着昨日的百结愁肠：

街面的灯光已然熄灭。

灵魂的地道里，泪水是燃烧的灰烬，

我的忧愁似大军，摆起长队……

我目睹……长长的队，

目光已疲惫不堪，

眼睛像熄灭的火炭，灰烬留在脑袋的壁炉里。

我的忧愁似千万大军，漫延无边……

我紧锁的记忆像忧伤包裹的蹄铁，

充满了前日的愁伤，

但我的鲜血不会软弱退缩。

我在街边点燃了周身血液……

血水迸出，

我不再昏厥，

我记起了所有的名字，

我和所有的名字展开辩论：

你好……是谁把你带到我这里的？

你是你桎梏束缚下的俘虏、你监牢里的囚徒吗？

你是蹲在君王地窖里祖国的囚犯，

如今又是谁把你带过来？

　－我有了勇气，取消了所有要置我死地的约会，

　我来了。

　又是谁和你一起来的呢？

　－大军浩荡，

　痴情者都和我一起，你可曾记起？

　可曾记起？

（我的记忆已经熄灭……

我在街头点燃了周身血液，

我用蓝色波涛给手掌染色，

于是，心儿便开放得像一个港湾……

翩翩帆影，点点白鸥，

连起了天地和水的一条线。

我记起了所有的名字，

我和所有的名字展开辩论，

昏迷已离我远去。）

欢迎你，热恋的苏菲派诗人，

你是如何与亲爱的祖国同在？

　　- 过去，流放地曾是我的家园……

　　监狱是我衬衣上密匝匝的缝线。

我明白你在为心爱的祖国燃烧，

可又是谁正在扑灭你周身的热血？

(三)

街头再次跳出星星和浪花，

还有那蓝色的云彩……

我的记忆里，恋爱的人们重新又出现。

一九七六年十一月

（陆孝修　译）

爱之晴的伤痕

你眼中的爱把我教导，

爱人们，爱我周围的每一个人，

对爱我的人给予：

我的眼睛……我的欢乐……我的智力。

它教导我，

爱我皮肤黝黑的祖国……热恋那里的一切，

爱她湛蓝的天空……她的星辰……她的夜，

她慷慨赠予的椰枣树荫……她的绿色……

她的山丘高地。

爱那青筋暴突的臂膀，

它深扎岩石，开发丰饶和水利。

如果鞑靼人明天入侵，

我将把祖国捍卫。

入侵者像黑色的蝗虫，像鼠疫，

像天花，扭曲孩童的面容，践踏土地，

残酷无情地烧毁它的丰腴。

他们把黑夜弥漫在孩子们眼睛周围，

把仇恨和阴暗注入心底，

把希望、爱和微笑从他们心中偷去。

我亲爱的金色羽毛的小鸟，

他们让浓重的乌云把你的双眼蒙蔽。

……啊，我的心，我的臂膀，

啊，我强大的坚持，

啊，我永远的信仰不渝，

让他们熄灭阳光，

熄灭黑夜眼中的月华与星辉，

让他们用黑暗的幕帐阻挡黎明眼睛的开启。

尽管风狂、锁闭和黑暗，

黎明眼睛从一地走向一地，

旭日喷薄永存，

为它把伸向永远的路描绘清晰。

喂，瞌睡的天际，

……明日，黎明的眼睛到达这里，

拥抱你棚舍和帐篷的穷困，

把倒地人的伤口包扎起，

让太阳、人和尊严相伴，

让刀剑和言辞共继。

明天，我这怀孕的大地，

明天……在你那永恒的阵痛之后，

……在巨大的产痛之后，

啊，我的祖国，

明天，你定将分娩，生育。

（王复　译）

谁购买父亲的战刀（节选）

当我们在天黑前返回，
铁链在我们的血液里嘎嘎响起。
我父亲的战刀就在那里，
悬挂在墙上哭泣。
我们的双肩无物承载，
我们的臂膀重压远离。
那刀在我家墙壁上哭泣，
在缚系的吊带里挣扎不已。
当我父亲奄奄一息时，
这刀就在他的胸怀里，
他是在胜利中睡去。
双手紧握战刀，
倾尽他的爱恋和思念；
他的双目始终是一对长矛，
深深刺入我们的皮肤里。
那目光带着忧伤和骄傲，
找寻谁能在他之后，
把战刀的重任肩起，
并喝令我们停止哭泣：
"男子汉们，此非哭泣之时，
只有战刀能把荣耀建立。
你们中有谁，
能替我将战刀挥起？"
我的父亲带着忧虑死去。

（王复　译）

哈玛黛·赫米斯
（一九四六年至今）

出生在巴林。长大后，在巴林学习，至高中毕业。此后先后到伊拉克和摩洛哥继读大学阶段的学习，但三年之后，未能完成学业，便返回巴林，在巴林当教师，后又在报业系统工作过一段时间，为了找到一份稳定、称心的工作，她始终辗转在阿联酋和巴林之间。

一九六九年，哈玛黛·赫米斯发表了第一部诗作，题目是《碎片》。随后，继续在巴林的报纸杂志上发表她创作的诗歌。一九七〇年一月三日，巴林"作家与文学家之家"举办了首届诗歌晚会，哈玛黛·赫米斯和大部分新诗歌的诗人们都参加了这次晚会，而她朗诵的是第一首具有戏剧结构的诗，题目是《在拒绝的站台上》，这首诗后来被进行了重新编导，在伊拉克巴格达演出。哈玛黛·赫米斯是巴林"作家与文学家之家"的创始成员，在其中起了重要的作用，一九八一年担任过领导职务。

哈玛黛·赫米斯以《向童年致歉》为题目，于一九七八年出版了她的第一部诗集。一九八五年，她的第二部诗集出版，题目是《歌声》。后来，由于在阿联酋生活和工作，并加入了沙迦酋长国的文学家与作家协会，她积极地参加了那里的文学活动，并做出了应有的贡献。

哈玛黛·赫米斯的诗歌的主要内容是关于存在主义、现实问题及一些哲学思想，具有很强的表达自我情感的力量。她通过自身经验，把这些内容变成了一个个充满活力的实体，因此，使她的一些诗成为具有纯粹的自我之心的伤感诗歌。有时，在一首诗里，既有内心的对话和不同声音的存在，也有摆脱自由体诗歌的努力。因此，有人指责说她的诗歌韵律混乱。这种批评使得哈玛黛·赫米斯在后来的诗歌创作中，采用了不同的韵脚和散文诗的形式。

你们有属于你们的时间，我有属于我的时代 [1]

我等了你生命的一个世纪，

啊，母亲……

啊……

我等了你，恐怖的一个世纪，

思念的一个世纪，

我说：下一个季节

你一定到来，

当你迟迟未到之时……

我说：下一个季节你一定会到来，

当你迟迟未到之时……

我说：你一定到来，

当你迟迟未到之时……

我说：一定……

我把我等待之梦，

交给了你的孩子们，他们正在走来。

在十字路口，

我与一个孩子的微笑相遇，

我让我的伤痛在心的喊叫上靠依，

我与他们相遇……他们正把童年描绘

在监狱的墙壁，

他们为你朗读圣书，

钟爱之文……或血的章节。

当我看见匕首的渴望在他们掌心，

---

1 选自诗集《向童年致歉》。

我说这是走向鲜血之路之始。

我明白，你一定会来到这里，

啊，母亲……

当鞭子在皮肉上呼呼作声，

当你饥饿的孩子们赤身露体，

满怀希望向你走去，

迈着焦渴人的步履……

我明白，你一定会来到这里。

在思念和希冀的眸子里，

莅临的喜讯属于大海。

椰枣树有孕育果实的婚礼。

承诺属于黎明，

承诺属于太阳，

浆汁属于其季节……

万物重新开始，

确信抽出新叶

……你一定会来到这里，啊，母亲……

我们知晓，

这出鞘的刀剑挥砍向你的步伐，

这些皮鞭，

这些监狱，

我们正在向你走去，啊，母亲。

在刀剑砍杀中，

在皮鞭抽打中，

冲出监狱，

你，就在那里……

站在尸骨之上准备出发……

我们用悲伤搭建桥梁，向你走去，

啊，母亲，我们用梦想搭建桥梁，向你走去。

梦想，你挥动着梦想，

在遥远之处……在近前。

我们爱恋，你就是爱，

爱是我的道路之始，走向你，

我们爱恋你……

你正经过你孩子们的桥梁……

向你未来的孩子们的桥梁走去？

我在夜里读你，如避免饥饿的咒语，

– 我曾在火狱岸边沐浴 –

当黑暗散开，

我用你的水净身，

我仰面向你，

用你的名字清洁自己。

我知晓，

时间属于杀戮，

时间属于恐惧，

时间属于征服，

时间属于饥饿，

禁止呼吸的法律

把时间拿取。

– 啊，母亲，在我与法律之间，

世界末日开始 –

一切法律都有时间，

一切法律都有青蛙聒噪的夜，

但不长久继续。

你，永存

我……

你所有饥饿的孩子们光彩熠熠。

你永存，

你，

你，

是一切时代的法律。

一九七六年九月六日

（王复　译）

阿卜杜·哈米德·高依德
（一九四七年至今）

出生在巴林。在巴林完成高中学业后，开始在巴林的一家外国银行工作。后放弃银行工作，成立了自己的翻译公司。

阿卜杜·哈米德·高依德是巴林新诗歌运动第二梯队的三个成员之一，另外两位诗人是阿里·艾哈迈德·舍尔高维和叶阿古布·穆哈拉吉。但是，与另外两位诗人相比，他在创新、试验和艺术勇气方面，更多地保持了音步的形式，注重语言的构成，以及想象力的释放。从二十世纪七十年代初，他开始在巴林报纸上发表诗作，并于一九七五年出版了题目为《干涸之时的恋人》的诗集。在此之后，他创作的诗歌作品为数不多。除了诗歌创作外，他还进行了英语和阿拉伯语的互译工作。特别是将英文的诗歌翻译成阿拉伯语。

阿卜杜·哈米德·高依德是巴林"作家与文学家之家"中一名活跃的成员，特别是在管理和公共文化方面。作为该组织的代表，他出席了于一九七五年在阿尔及利亚举行的第十届文学家大会，参加了诗歌大会。

阿卜杜·哈米德·高依德的诗歌具有思想朴素、

表达清晰和象征透明的特点，以至于在有些时候，显得有些肤浅和散文化。同时，因为他遵循音步，注重个人感情和自我感知的表达，所以其诗歌具有较强的吟唱性。

我冬夜之忧伤

哪种忧伤我向你讲，

影子女人？

我心中战栗的忧伤，

有一张死亡的面孔，将水色呈现。

我忧伤的孩子

是男人……

是贞洁女人，

是跌落世界之河的瀑布，

是疯狂的爱……

只有陌生的恋人体验。

此时此刻，我孤身孑然，

形影相吊……在黑夜的沉默里，

逝去岁月的历史在我面前伸展，

那是遥远的絮语……遥远，

和不再返回的列车的密谈。

什么样的忧伤我向你讲述，

什么样？

此时此刻，我孤身孑然，

徜徉在寂寞的阴影里，

炽热的孩童的思念突袭……

思念声音后面那遥远伙伴。

但是声音……

声音正在近前……

（变成陌生的温暖，

变成美妙的海洋，

海洋有意义的广泛，

没有在冬季闪电中死亡的字母的深远。)

什么样的忧伤我向你讲述?

我是一个被诅咒的字符,

一个静止不动的字母。

丢失的时光将我找寻,

我的躯体将我找寻,

还有我自己正寻找自己……

我孤身孑然,

未与人类一起,未有……

请让我放歌如我所愿。

一九七八年十二月

(王复 译)

面　庞

梦在你的面庞上伸展，

在英气与童稚的绿荫下乘凉。

你的面庞俨然一扇窗，

亦变成一扇门迎接来客的造访。

喂，面向浴雨城市的旅人，

那城里种植恐惧、面包和丁香。

但奔向它的阳光的步伐，

怎么正在变成进入危险的痛哭？

通向它的道路，

怎么正在变成梯级到达断头台上？

啊，融化在爱情里的人儿，

因爱而死亡，风儿挑逗他，

风儿拥抱他，

风儿把吻向他送上。

风儿把他变成一朵玫瑰，

给那城市送去礼物——馨香。

他的声音正跨越一切恐怖大洋，

经过所有尽是沉默和仇恨的地方。

他的脸庞正向你们俯瞰，

请看吧，那是他的面庞：

棕褐的月亮，

名为祖国的爱的诗歌，

长途惫疲的鸟儿的歌唱……

那长途是心中的匕首在延长，

忧伤如天际伸长，

（长久消失不在的忧伤

和回返的忧伤）

梦在你的面孔上繁衍，

在大街上扩张，

在锈蚀的墙壁上。

在所有忧伤的眼睛里出现，

你的面庞正在变成那城市的脸。

那城市折磨你太久长，

久长，

风儿却未到你那里吹拂轻扬。

一九七六年

（王复　译）

加西姆·哈达德
（一九四八年至今）

出生在巴林的穆哈拉格市。虽然他在巴林的一些学校接受过教育，但是，当时的政治和社会环境却影响了他，使他未能完成大学学业，而是走入了社会参加工作。他先后在穆哈拉格和麦纳麦的公共图书馆里做职员，后在新闻部文化司任职。他是巴林"作家与文学家之家"的创始成员之一，担任过一些领导职务，是文学界和报业界突出的活跃分子，特别为"作家与文学家之家"的刊物《词语》的编辑做出了重要的贡献。从二十世纪七十年代初开始，他处于一种残酷的政治环境中，这使他的诗歌创作充满了对其所处的政治现实中的艰难境遇的描写。

无论从历史层面还是艺术层面，加西姆·哈达德的诗歌都是巴林新诗歌时期中最成熟、与个人经历联系最紧密的诗歌，充满现代诗歌的气息。一九七〇年，他出版了第一部诗集《佳音》，随后诗情进涌，又出版了七部诗集。这八部诗集是：

《佳音》《拉斯·侯赛因从背叛的城市走出》《第二滴血》《世界末日》《爱心》《归属》《碎片》《在野山羊保护下行走》。

他的诗歌真实地反映出了巴林新诗歌运动的艺

术和内容发展的轨迹。

加西姆·哈达德诗歌创作中的现代化表现强烈，他从第一部诗集《佳音》开始，就从来没有过阿拉伯古典诗歌采用的"柱状诗"的形式，而是直接采用音步的形式，并且在没有任何铺陈的情况下，直接从对现实进行记录性的描写进入到抽象的空间。

随着第二部诗集的出版，他对现实的描写变得具有意识，并用成熟的眼光展望未来。同时，在以后陆续出版的诗集里，他在把音步作为基础的同时，又采用了散文诗的形式，从而，为他的诗作开辟了宽广无边的天地，也使他的诗歌创作，无论是内容，还是总体的诗歌构架，充满活力，如出现了由两个词或一个句子构成的一首诗。当然，这种现象也引起了一些评论家的批评，认为他的一些诗歌"支离破碎"，依靠的是思绪和激动的情感产生出的变化和转移，而不是思想的有机的发展和感情的建设。但是，更重要的看法则是认为他是努力地在新诗的道路上进行探索，而且执着地坚持着。

加西姆·哈达德对新诗歌的探索不仅未局限于诗歌的形式和构架，同时，还表现在他在诗歌创作中使用的字母、数字、空间、几何图形和色彩，将其混合，分解，恢复原状等。有时，他甚至对字母发声的特点进行了使用，陷入了一种语言游戏之中。

尽管如此，加西姆·哈达德和其他的新诗歌诗人一样，在对新诗歌进行探索的道路上，现实中的各种问题，始终是他的诗歌创作的重要关切。而他的生活现实又是难于摆脱。他之所以进行了上述的文字游戏等尝试的原因，有可能是想找到一种非同一般的新的方法来表达现实，因为他面对的现实是残酷的政治环境，是镇压，是镣铐，是监狱。因此，他的诗歌涉及了大量的现实问题。与此同时，在巴林的新诗歌中，他的诗歌可谓是继承巴林及阿拉伯的文化遗产、使用其素材最多的诗歌。

闯入记忆深处 [1]

我的手送过来一件美妙东西。

我记起了，

一直牢牢记在心底。

我记起了事情的缘起，

也记得物件的色彩和质地。

我记得平如镜面的红海，

也不曾忘记呼啸而来的浪涛的印迹。

给我进去！

我进去了。

一脚踏进了梦魇的镜子里。

来访的我是昔日的平安使者，

看到了引以为戒的东西。

我向负重奔跑的人发话……

我说：

我会明白的。

鹅毛笔说：你是明白了。

于是我穿越旷世的地狱和天堂。

探索未来的地层。

闲来枯坐，浮想联翩，

忆起了第一面镜子的怒喝：

快快进去！

我一脚跨了进去，

肉身顿时化作一道光芒。

1　选自诗集《世界末日》。

我操着水流的语言，

看着身上、手中纷纷飘落的羽毛，

说道：

今天我从人的镜子里看到了神的诞生！

说罢，转身又斟上了满满一樽。

（陆孝修　译）

私　密[1]

我看到镜子里有个妇人正在倾倒听来的私密，

她已停下嘴边的骂战。

我立时娶她为妻。

我们身着情侣装步履相依。

我盯着她看个不够，

她也瞄着我一眼不眨，

但哪个都不曾透露出心底的私密。

入夜时分，两军互殴，

王国的部队骂倒了全体顺民。

（陆孝修　译）

1　选自诗集《碎片》。

第五次尝试 / 文 /[1]

白纸一张。
唠叨的太太，
勤读的女仆。
落笔后重归无字，
至今仍是无字天书。

（陆孝修　译）

1　选自诗集《碎片》。

一起遛马路的朋友 [1]

猝死的友伴们，

这是多大的骗局！

你们是怎么对待我的。

你们说走就走，

令我的白昼充满愁烦，

夜亦尽是熬煎，

还有那礼拜堂的门卫掺杂混乱。

（陆孝修　译）

1　选自诗集《碎片》。

生 存[1]

这片热土地动山摇，
我的脚还能往哪里放？

（陆孝修　译）

---

1 选自诗集《碎片》。

梦的季节 [1]

喂，你这第四个荒谬东西，
对我厚道一点，
愿望才能实现。

（陆孝修　译）

船 长 [1]

船长造起了自己的船只还有碉堡，

旗帜在那里高高飘扬。

他用灯塔编制的腰带围起了海水，

唯有海鸥知道这亮光、时刻和宽泛的轨道。

在边帐里多存些美酒和干粮，

也为满载的海运商旅开关放行。

多准备些粮袋，你的仁德将充塞天际。

静止有若高耸的樯桅，蹲守注视着大海茫茫。

来晚了，来得太晚了，

可是他还痴痴地在等待。

（陆孝修　译）

1　选自诗集《在野山羊保护下行走》。

群　马[1]

群马奔驰，犹如送烟叶的货车打破了市场的静寂，

也像女人在打听黑夜的过失，

说什么夜曾向她们吐露了

淫乱的秘密和杯中物的热切。

群马翻腾，生性便倾向于山泉的激情，

也醉心于夜的事迹和故事。

被遗弃的着迷于：错误的喜悦；

器官醉心于：肢体的亮相。

群马，有着戴胜鸟的毛饰和陈旧的笼头，

吃完了心仪的饲料，耗尽了凌厉的鹰隼般的性格。

每当攻击荡涤了美酒的铿锵，

群马便将颈弯搁在晒粮的平台上，

一任女人过来自由拥抱，

为王国留下除暴战士的子孙后代。

（陆孝修　译）

1　选自诗集《女王们的孤独》。

阿里·艾哈迈德·舍尔高维
（一九四八年至今）

　　出生在巴林麦纳麦。在巴林完成了高中学业之后，前往伊拉克，考入了大学。经过两年的学习后，他回到巴林，在公共卫生部任职。在大学学习期间，他的诗歌天才显露，先是在一些学生们创办的校园刊物上发表诗歌，后来，发展到在本国的报刊上发表所创作的诗歌，特别是从伊拉克返回巴林之后。

　　二十世纪七十年代初，他加入了巴林"作家与文学家之家"，参加其举办的文学活动，从一九八〇年开始，多次担任该组织管理机构的主席。他的第一部诗集于一九七五年出版。随后，在不到十年的时间里陆续出版了近十部诗集。

　　阿里·艾哈迈德·舍尔高维像他的同事加希姆·哈达德一样，经历了艰难的政治环境，从而使他的诗歌创作涉及面广，在他的诗歌字典中，不乏祖国、监狱、大海、拘捕、桎梏、恐惧、死亡等词语。同时，他的诗歌又带有苏菲派的色彩，用许多象征性手法表达现实经历的真相和严酷。

　　除了作品数量颇丰外，阿里·艾哈麦德·舍尔高维创作的形式亦是多种。他除了用标准阿拉伯语进行诗歌创作之外（他有八部用标准阿拉伯语进行创作的诗歌），还有用巴林方言创作的诗集，同时他还有专门为儿童创作的诗，如一九八三年发表的两本儿童诗集：《鸟雀之歌》与《儿童树》。一九八三年他还发表了为年轻人写的诗歌剧《幸福的钥匙》。同时，他还是巴林"艾瓦勒"剧社的成员。阿里·艾哈迈德·舍尔高维还是著名的词作家，在巴林的报刊上发表了许多的评论。目前，他在农业局任职。

阿里·艾哈迈德·舍尔高维的诗歌的特点是新颖和试验性。他的试验丰富，直接从音步形式诗歌开始。不过，尽管他在诗歌形式的多样化方面付出了努力，却未能离开音步的范围。

阿里·艾哈迈德·舍尔高维对阿拉伯和伊斯兰的文化遗产，特别是苏菲文化有着明显的关注，从而使他把这一类的文化遗产作为象征和景象使用，并以此驱动他的诗歌的时代性的内容和现实体裁。这种关注为他开启了一扇描写当代现实人物的诗歌之门，详细描写了他们的特点、面貌及一切生活细节，从而写出了被他称为《生命诗篇》的诗，这首诗很长，以他自己的立场和看法，描写了人物的私人的和公共的生活细节，在他的第一部诗集《干旱季节的雷鸣》里，上述内容和方法表现在其中的大部分诗歌中。

同时，他很喜欢在诗歌里，对内容结构、语言组合、色彩和数字的使用，以及对发音和意义表达等方面进行创新性的试验。当然，这种试验难免会使他的诗歌有时变得模糊难懂。

海鸥的悲伤 [1]

我很累，

我疲倦的灵魂俨然

一只飞鸟，

他们在河谷高处把它双翼折断，

它痛哭啼血，我亦泪洒成串，

歌唱从来与我无缘!!

一只飞鸟……

向我飞来，失措惶然……

它在奔跑……啊……踉跄……

或几乎摔倒，

奔向这条河谷，但未能实现。

若相会能无翅飞翔，

那是心的意愿，

希望融化于爱恋，

希望茫然。

但在我和梦之间，

缺席的河流急湍，

和那夜晚，宽广的荒凉，

坟冢……门扇。

它仍然在跌落……跌落，

啊，折磨漫长，

很累，爱使之成熟的枝条在水中曲弯，

很累，这里无人知晓，

我有连钟情都没有的热恋。

1　选自诗集《这是思绪和可能》。

啊，在我的爱恋里，

遥远不会杀我命断。

啊，谁明白我？

谁明白，优美的音调承在河流之肩？

谁明白，星星永远闪烁是因为思念？

我是一朵疲倦的玫瑰，

露滴摇动它的床边。

啊，谁明白我？

谁……啊，椰枣树的风骚把胸怀敞开，

像精灵在双乳间把情欲耍玩，

激起其反叛。

我的欲望被密码包围，

在我体内，乌云把我扯碎，

没有一个字符到来把我解脱，令我释然。

让回响带上我吧，

我是疲劳的等待，

我的心被剥离分散，

像梦幻……在这国家里寻找这个国家，

我始终在寻找……啊，心把我撕成碎片，

在我的梦和灰烬之间，

是一条闪亮的线。

我几乎要给令我痛苦者照亮，

我看见别人看不见的天，

梦想之河的星星疯狂闪烁，

我照亮韵脚一个又一个接连。

啊，

天空打开，

我看见和风挑逗着字词，充满眷恋。

字词充满希望地叫喊。

我嗅着童年的笑声，

爱在全身充满，

我像回声一般奔跑，

我照耀亮闪……

啊，

仿佛乳头动颤在

水润的胸间。

晨光耀亮，

爱使我的灵魂迸裂，

闪闪发光扩散。

风儿吹过来，

自豪炫耀。

我抓住天的边缘，

把云和翅膀分开。

于是，幻想哭泣了，充满爱，

伏在我的肩，

说："我想向梦索要饰带。"

我把我灵魂的花香向它吹进，

"为这请求，起来。"

它的笑声扬起，

扩散着，带着心欢，

与我共舞蹁跹，

从疲惫的心上，

把伤口抚平擦干。

（王复　译）

易卜拉欣·布辛迪
（一九四八年至今）

　　出生在巴林的麦纳麦，在巴林完成了相当于高中毕业的商业专科学习后，开始在一家巴林的银行做职员。二十世纪五十年代后期，随着巴林新文学运动的兴起和"作家与文学家之家"的成立，他开始发表自己创作的诗歌，并成为"作家与文学家之家"的会员，参加了该组织于一九七〇年三月举行的第二届诗歌晚会。参加这一届诗歌晚会的，主要是用巴林方言进行创作的民间诗歌诗人。同年二月，他又与第二梯队的诗人们参加了"作家与文学家之家"举办的第三届诗歌晚会。所谓第二梯队的诗人是针对第一梯队的诗人而言。第一梯队中著名的诗人有：阿里·阿卜杜拉·哈利法、加西姆·哈达德、哈玛黛·赫米斯、尤素福·哈桑和阿拉维·哈希米等。而第二梯队中著名的诗人有叶阿古布·穆哈拉吉、阿里·舍尔高维、阿卜杜·哈米德·高依德，他们都是在第一梯队诗人出现不久后，为巴林新诗歌运动的创建做出了重要贡献的诗人。

　　易卜拉欣·布辛迪同时用标准阿拉伯语和巴林方言进行诗歌创作。尽管他最初主要是用标准阿拉伯语创作了许多思想内涵深刻的诗歌，但是他于一九七五年出版的第一部诗集却是用巴林方言创作的，题目是《启明星之梦》。这之后，他开始用方言创作诗歌剧，然后自己进行导演，并在巴林内外进行演出，其中最著名的两部诗歌剧是《高兴》和《如果时光顺从你》。他用标准阿拉伯语创作的诗歌始终未集成册，只是分散发表在巴林的各种报刊上，这些诗都采用了音步的形式。

无论是用标准语创作诗歌还是用方言创作诗歌，易卜拉欣·布辛迪的诗歌都有一个鲜明的特点：风格流畅，语言朴素。在诗歌的构架上，他依靠的是源于自我真实经验而产生的自然。有时，重复使用一些文字和形象，但没有赋予新的含意，也没有依靠深刻的思想背景，从而使他的诗成为一种具有感性影响的诗歌。当然，这并不排除他有少量诗作，具有对阿拉伯现实进行深刻批判的内容。因此，抒情成了易卜拉辛·布辛迪诗歌最显著的特征，他用方言创作的诗歌，深受阿里·阿卜杜拉·哈利法的影响。

爱人……致大海 [1]

把我的梦退还……

把我抛在海中旅人的船桨上面。

我的梦曾经是……

现在依然……

启程在酩酊之间，

永远为她睫毛间的双眸冒险。

啊，但愿你把我带在浪尖……

在月亮的面庞为光起舞；

啊，但愿你带我在身旁……

去向温柔的双眼……

但愿你织我为帆……

带我周游，把她的胸怀依恋……

我为雨歌唱，

大海，如若我融化在瞬间……

我看到人们似玫瑰新艳……

为大地把芳香斟满……

她结出的果实甘甜。

我看到大地平安，

我看到爱情化作神仙，

我看到孩童如明月圆满。

啊，如果岁月把我写上你的脸，

如候鸟一般。

把我的梦退还，

1　选自诗集《我证我恋爱》。

双眸的恋人

一天也不能与之争辩。

（王复　译）

屈从大使在卑贱王国 [1]

大使说：

以你们之名，

我宣布大使是我的任命。

我的国家盛产虚伪和背叛，

我们的额头不知羞耻汗颜。

我们的哲学是妥协和解，

你们逃生，因为我的国家进口卑贱。

以你们之名我开启我的历史，

匍匐在王后的夫君面前。

卑贱大臣说：

我们王国盛产怯懦，

顺从，

和饥饿，

我们亲吻了你，大使，

我们把怯懦视为勇敢。

（当顺从大使递交国书时，一个被大地认可的新的歌者奏起了吉他）

歌声唱：

当蚊虫离开沼泽泥潭，

千万花朵在大地盛开。

它们把蝴蝶哺育，

蝶群上面光点灿烂。

孩童们在光圈里诞生，

---

1 发表在《笔》杂志的专刊。

使诚信之邦出现。

诸位请听，

新生孩童宣布幸福大使来到面前。

孩童说：

我宣布，我是大地爱的大使，

在我们国家，

大地之爱是最高尚的崇拜，

我们视爱为勇敢。

一九七五年

（王复　译）

赛义德·欧维纳提

（一九五〇年至一九七六年）

一九五〇年，赛义德·欧维纳提出生在巴林比拉德村，一九七六年去世。他在巴林完成了高中学业后，前往伊拉克，继续大学阶段的学习，大学毕业后，返回巴林，在巴林杂志《立场》担任了一年左右的文学编辑。

二十世纪七十年代初，赛义德·欧维纳提开始在巴林报刊上发表他的诗歌作品，一九七六年去世前，出版了他唯一的一部诗集，题目是《献给你，祖国，献给你，亲爱的人》。他是巴林"作家与文学家之家"的会员，参加了其活动。

直至逝世之时，他一直生活在残酷的政治艰难之中。

一九七五年七月七日，他参加了在穆哈拉格举行的诗歌晚会。这是他参加的第一个诗晚会，参加者中有加西姆·哈达德和阿里·舍尔高维。这次晚会之后，他积极地投入到《立场》杂志的文学专栏的编辑工作中，为巴林的新文学运动做出了贡献。

一九七六年，赛义德·欧维纳提参加了他生命中最后一次诗歌晚会，晚会在比拉德文化俱乐部举行。除了他之外，参加的诗人还有哈玛黛·赫米斯、阿卜杜·哈米德、苏莱曼·哈依基和阿拉姆·阿卜杜拉。

在巴林的新诗歌运动中，赛义德·欧维纳提的诗歌别具特色，因为他首次揭示了农村记忆的真实面目，打开了隐藏在人和历史感知中农村的一页。他能够深入在他之前，尤素福·哈桑没能深入其中的路径。在他的诗歌里，我们能看到朴素农民所遭受的真实的磨难，使农村人的记忆鲜活地、具体地展现在我们面前。于是，正如一位阿拉伯文学评论家在谈论巴林的新诗歌运动时所说的："欧维纳提诗歌中的记忆居于主要和危险的地位，犹如一座装满爆炸物的火药库……因此，当权者必定将其深挖，以消除所有的定时的革命。"

赛义德·欧维纳提进行诗歌创作的时间很短，但他却能摆脱乐感的不稳定性和语言生涩的错误以及风格的幼稚，同时，能以一种特别的形式使用记忆，农村的记忆。他经常以一种"白日梦"的形式，或是梦中的想入非非讲述故事，但都以梦醒结局，面对痛苦的现实，即把对过去的记忆与农民、渔民和穷人们的残酷现实结合起来。

第一次相见

在地街，雨握着我的手，

微风拂动⋯⋯咯咯笑声，

卖香料的女子和一群女人⋯⋯

和黑夜调情。

但是，却把害怕和恐惧骑乘。

那第三个，

正在走来，贩卖悲愁，咀嚼不停。

她说，你过来，

把微笑拿去吧，从她心中。

她令我们战栗惶恐，

那条被禁止的街似矛枪。

比拉德[1]的女主人把肥臀向我们扭动，

女驭手出卖着她的黄油。

这颗心跳动了多少次，

我们已经遗忘干净⋯⋯

我们说：啊，恐惧的时光⋯⋯

拜火教的爱情⋯⋯

啊，我那被禁止悲伤的父亲的诅咒，

和黑夜年代的辛劳，

还有笑声与恐怖⋯⋯

醒醒吧，我们沮丧的夜晚，

昔日记忆让这颗心落入悲惨之中，

1　比拉德：巴林旧都赫米斯地区的一个地方。

以求忘记，它仍步履匆匆，

现在，被禁止发出哭声。

你听到了吗，我们沮丧的夜晚？

将恐惧带入我们这代人耳中的夜晚？

心恐惧地蜷缩着哀号，

黑夜的悲伤已经来到，

把不幸植入神经。

于是，我们忧伤，把自己设定的时刻忘记，

我们生活在这时刻的分分秒秒中，

仿佛我们是大海的稚童

仿佛我们是叶、草和花的颤动……

（王复　译）

时　光

在第一时光，我拥抱夹竹桃，

与海鸥和椰枣树交友，

还有祖国的水，它被禁止欢笑声响。

在第二时光，我看见父亲在公共汽车里

歌唱，

与一个印度人交谈，他从哀伤里来到

石油的土地上……

还有永久恐惧的森林叠嶂。

我看见女人的眼睛躲闪，避让，

搬运工出卖汗水，

与袋中的沙灰搅拌……

被宰杀的孩子们的面颊说：来……

把我们从第二时光拯救，

把我们挪到草地，那草

种植在岸上。

女人们咒骂着公共汽车，

诅咒这尘世……饥饿……和物价高涨……

还有房租和流动时光带来的一切，

对不起……是第二时光。

（一）

在第三时光

漆黑的夜降临，

杯中凌乱了我们的影像，

人们溶解了，

白发苍苍。

（二）

在第三时光

我看见三个孩子被画成

恐惧模样。

恐惧从大街中央冲来，

女人们叫喊着，充满无助惊慌。

这是个什么东西，第三时光。

啊，我们的悲惨，

啊，各石油岛屿的黑夜，

或永远的流放地岛屿，

和那被絮语铺就的岸旁。

（三）

在第三时光，

你不能描画爱，

或描画心房，

或描画女人，

或尚未成熟的女子的模样。

你不能描画男孩，

或亲情笼罩的宅房。

你不能描画女孩，

或吟写诗行。

你不能为人们建造剧场，

你不能谈论绿草和海洋，

蓝色的海洋。

不能……禁止……不能……

（四）

在第三时光

一个女人喊叫，她正与恐怖相傍。

这是什么？

莫非我们生活在被禁止的土地上，

或是居住在禁止欢笑的宅院，

或是被禁止拥抱……或享受，

我们哪里可居，

在这可诅咒的时光？

我们绝对不能，

我们绝对不能，

我们绝对不能。

（王复　译）

爱及其他 [1]

在心里，嘴唇正燃，
梦徘徊在岸与街之间。
在心里，眼睛绘画着我们的装饰，
画着群童出现。
他们来自第一时光的子宫，
来自农村，
来自田园，
来自用颤抖描绘的椰枣树，
来自充满了用美好画出的爱的心间。
来自大地上的水，
来自水手和农夫的梦幻……
和一切以真诚画出的震颤。

在心里，有鲜花，伊拉克和水，
在心里，巴格达的街道和妇女，
在心里，一位巴格达姑娘卖着河中花，
在我的祖国，禁止低声细语。

在心里，一位姑娘在今夜跳舞，
一个女人为去剧场打扮自己。

1　这是诗人逝世前不久创作的最后一首诗，在他逝世后，发表在一九八〇年
　　《笔》杂志关于巴林文学的专刊上。

在悲伤的心里，是我们度过的夜，

伙伴……心跳……生菜……书籍……

姑娘们在街道中央踱步。

在心里，花园一个个，

目光遥望世界，

女人和孩子们在街上走着……

眼中尽是来自几千年的忧伤……

尽是对黑面包……对舒心的饥饿……

还有音乐……和滔滔话语之河。

在巴格达，我们藏匿，

个把钟头在公共汽车里，

与第一时光之梦的相拥在咖啡馆里，

我们两心相拥……爱的絮语……

被埋葬的爱的絮语。

我们开怀大笑，对侍者说：喂，

我们要高兴或灿烂的思想，

满满一杯。

在公共汽车，我们记起了第一时光，

我说，你喊叫吧……这是疯狂生命的瞬间，

你和我一起光顾宾馆吗，

阿拉伯椰枣女士？

你和我一起吗，

一起去宾馆

开房？

她细声低语，喂，第一时光之子

喂，奔涌水流之子，

喂，椰枣树之子，

喂，来到我面前的农民之子，

我钟情你的吉卜赛宾馆，

我钟情你吉卜赛式的笑声响亮，

我钟情头脑里这闪光的思想

……和在你头脑里捣鬼的酵母的膨胀。

我们谩骂嘲笑，

她游牧人的笑声，

把我带离第一时光的城市，

当梦的小河把水喷洒在，

被逐出天堂的父辈们的棕榈树上。

在巴格达，我们彼此相约，

第一时光正在回返，

战栗重又出现，

孩童们在街上游荡，

女人们把欢乐的呼叫送上，

那个印度人肯定回来，

我那些被抛弃的伙伴也正在回返，

所有的公司……钱庄……

这博动迅速的心停靠在，

我曾爱过的人儿的岸边上，

一切诗人和小说家都在回返，

和昔日一样。

在巴格达，我俩窃窃私语，

坐在公共汽车上。

商贩，和图书成行堆放。

在低语的喊叫声里我们说，

我们两颗心仍生活在第一时光。

我们能把两颗心中的爱挤出，

不向亲爱的人们张望，

不去顾及后方，

没有战栗

产生于被逐出两颗心中的忧伤？

在巴格达，我们俩彼此相约，

第四时光正在走来，

吃惊正在走来，

房子正在走来，在大街中央，

婚庆正在走来，被描绘在两颗心上，

还有孩子……未来……海水……

村庄的椰枣树……健壮肌肉的婚礼，

和舞蹈酣畅……

庞大的工地……巨大的能量，

和永远的战栗，

一切喜庆都在走来，

在约定的日子，回返身旁。

啊，巴格达，我们可记得这一切……

啊，狄勒蒙[1]，我的故乡……

1　狄勒蒙：巴林，见译者前言。

啊，未来的诸岛，

啊，恐惧的爱的诸城，

我们要把这一切记上。

（王复 译）

叶阿古布·穆哈拉吉
（一九五〇年至今）

　　出生于巴林，在巴林接受了基础教育后，前往法国，在那里完成了大学学业，学习的是电影导演专业。后居住在卡塔尔，在卡塔尔新闻部任职。

　　自二十世纪七十年代初，叶阿古布·穆哈拉吉开始在巴林的报刊上发表自己创作的诗歌，然后将其汇集，并于一九七三年出版了他的第一部、也是唯一的一部诗集，题目是《艾哈迈德·本·马吉德的磨难》。

　　叶阿古布·穆哈拉吉是巴林"作家与文学家之家"的成员，在其文学活动和管理中，做出了重要贡献。除了诗歌创作，他在文学评论方面也付出了自己的努力。

　　在巴林的新诗歌运动中，叶阿古布·穆哈拉吉与阿里·艾哈迈德·舍尔高维和阿卜杜拉·哈米德·高依德一起，构成了第二梯队，而且，在诗歌创新方面，他又是三个人中间最具勇气的一位。他的诗歌具有感情稳重、思考深邃、想象远驰和语言结构简洁的特点。他对内在的节奏的重视胜过对韵律节奏外在框架的重视，从而使他的多首诗并未完全遵循韵脚的规律。所以他的一些诗更近似诗句和散文的融合体。

　　除了已经在巴林出版的第一部诗集外，叶阿古布·穆哈拉吉还有一些诗歌，分散地发表在巴林的报刊上。所有这些诗歌都展现了他驾驭诗歌的能力，特别是在丰富诗歌形象、韵律的多变和构架的准确和语言的简洁方面。与此同时，由于他良好的文化素养和思想的深邃，又使他的一些诗歌包含了深刻的思考产生的思想的神秘。

在其多首诗歌的创作中，叶阿古布·穆哈拉吉大量使用了阿拉伯文化遗产的元素，特别是人物，用象征性的手法使用了这些元素，表达当代的现实问题。

来自记忆的场地
——给我始终热爱的村庄

询　问

你为何如利刃酷对我的心，
把我眼中道路的影像撕碎？
熊熊烈火在我皮肤下爆燃，
热泪伴着思念从亲爱的人们眼中倾流如注。
我用宣读你们友情的喉咙，
击打施暴者的面孔；
我也用这喉咙，
为你们朗读椰枣树的致意。
它奉献给予，为你们引路。

你为何没如昨日般莅临，
让脚趾伴着香草显露。
把我被杀戮的鲜血踏在脚下，
在阳光下迈步。
在我的房宅之上，在婚礼之夜，
花雨降落，是霓裳衣袖和甜美抚弄。
清晨在我们这正走来的一代人面前醒来，
开始了坚持和拒绝的前奏。

无　辜

你为何带着甘甜的无辜，

和漂泊归来的诗人的热切

来到我这里，

建设的步履和水泥的力量

没有践踏你？

晨露和醇酿的气味跑向我的窗扉，

拂去劳累

和它哭泣的秋的悲苦滋味。

旋　律

他是一位访客，在我胸里安歇，

他弯曲颈项，把头深深埋起。

眼睑下累累伤痕，一部分是

我和父亲的岁月，

另一部分源自他疲惫辛劳的夜晚。

夜色初降前，他步履沉重来到我这里，

眼中尽是漫不经心的失眠，

衣上泛着汗水留下的白碱。

他给我讲述出生之时黑暗的死亡，

鸟雀是如何从一种恐惧向另一种恐惧飞迁。

毒蛇践踏了它的巢，把仲夏之梦构建；

风暴是如何不期而至，突袭了我们村庄，

使树枝被莎草纠缠；

人如何在挥舞拳头之时，

在欢乐之夜死亡之际，

有权蔑视和傲慢。

一个夜晚，

在这里，也许我的祖父在我胸上小睡入眠，

在入夜之时，把我的村庄的故事留下，

和那麦斯欧德[1]如何藏匿在水和岩石之间。

夜色将尽，给我们带来喜讯，

明日，星星一定展露，

我的村庄的梦就会实现。

（王复　译）

1　麦斯欧德：一种传说中的怪物。诗歌中所指的村庄的北边，有一口泉眼，这种怪物就生活在周围，一旦有人靠近泉眼，它便将其杀死。

伊曼·艾斯丽
（一九五二年至今）

出生在巴林麦纳麦。在完成了高中学业后，继续学习，获得了高等师范学院毕业文凭后，开始从事教育工作，教美术和摄影。一九七〇年，加入巴林"作家与文学家之家"，参加了该组织的许多文学活动，并参加管理。

从二十世纪六十年代起，她开始在巴林和海湾地区的报刊上发表诗作，这些诗歌全部是散文诗，而她也成为巴林新一代诗人中第一位写散文诗的诗人。一九八二年，她的第一部诗集出版，题目是《这就是我，坟墓》

伊曼·艾斯丽的诗歌的特点是充满了象征主义、省略和暧昧，句子组成多有重复，内容方面多是表现国家的现实状况。而她对于造型艺术的重视和绘画与摄影的实践，对她诗歌的形象构建有着明显的影响，她经常使用色彩及色彩内在的韵律以及数字、运动和空间。曾有一段时间，特别是结婚之后，她的声音在诗坛上沉寂了。但是，她第一本诗集的刊印及文学界对该诗集的重视，使她重又回归诗歌的创作。

这就是我，坟墓[1]

我看见这块土地是腐臭散发的围墙，

我无意间进入，见围墙曲折弯转，

我用双脚牢牢踏上，

今夜在你们这里安眠，

我得救，我恐惧，用袍子把身体遮掩，

我辗转椅子之间，分割的条件是

赢利……匕首……

我武装起来的哈欠炽烈点燃，

逃脱时刻，

睡意在眼睑间反叛。

我进入，羞涩颤抖着跳跃在你们中间，

血涌塞在

不知清洁的血管。

我进入，风暴在我体内

拥抱尘埃。

当雨水化为恸哭，

尘埃使我变成苍鹰，

高贵在我额头展现，

我哀悼债务的账本，

站在现有债务祈祷的对面。

我起舞，把我的疯狂置于舞蹈中间，

以这支舞之名，孩子微笑，

坐在孩童们想象的宝座上面，

我用心的搏动沟通……燃烧的是我的眼睑，

我抓住长方形的宝座，

---

1 选自诗集《这就是我，坟墓》。

伸展……下陷

坟墓一直是那孩子的见证人,

睹见时代给根和树干

与脱落的面纱带来的变迁……

我舞蹈,一遍又一遍

我走去,我联系,一遍

又一遍,我起舞……

我向它走去……

这就是我,坟墓。

（王复　译）

法塔希叶·阿卜杜拉·阿吉兰
（一九五三年至今）

　　出生在巴林的穆哈拉格。在巴林完成了高中学业。她是诗人阿里·舍尔高维的妻子，与丈夫共同出版过一部用巴林方言创作的诗集《被抛弃的太阳》。一九八四年，她在巴林出版了她第一部用标准阿拉伯语创作的诗集《爱恋之帆》，包括了十五首短诗，"祖国"是其中大部分诗歌的内容。她的第二部诗集的题目是《我来了，离开了我的鲜血》。

等　待[1]

在肋骨和皮肤间，
我藏匿了你的双眼。
我游历在无名之乡，
那里草木绝迹，了无人烟。
我剖开胸膛，
给你找来了黑夜。

跟你的双眸彻夜长谈，
和你的罗裙欢快起舞，
我钟爱地吻了你掌上的玉指。
我栽下玫瑰。
这里土地干旱，
可我的爱浸润了你的心田，
使它成为鸟儿的乐园。
我修桥挖湖，表达了满腔的渴望。

我胸前有个甜睡的宝贝是你的挚爱，
这是你爱情盛开的玫瑰，
这是你心头寻梦者的绿茵。
那么你的双眸又在何方？！
我知道，她应当在全世界，
她在披露着什么，
她在公开宣告……
她……

1　选自诗集《爱恋之帆》。

我曾紧搂着你的信物，

等待着晨星的出现。

我吻遍了你来信的周边角落，

像幼童般起舞，放声痛哭，

年复一年地更把你藏进我的岁月里。

我曾多次不要命地昏睡不醒，

也知道过往日子里经受的苦旱岁月。

我真心想把你藏进我的胸腔里，

你能高高兴兴进入到我的皮肉里?！

（陆孝修　译）

童　年[1]

你探过来两只手掌，
人间的美景得以延长。
我大笑。
我涕泣。
我要捧起自己的脸庞，
你能不能助我另一只手掌？

（陆孝修　译）

1　选自诗集《我来了，离开了我的鲜血》。

浪　花[1]

仿佛音律的回旋，
你的爱注定镌刻在我心中，
纷纷扬扬地从我处撒落。
恰似阵阵悲痛，
我再飞回你的心中。

（陆孝修　译）

1　选自《我来了，离开了我的鲜血》。

艾哈迈德·叶阿古布·尤素福·穆顿
（一九五五年至今）

出生在巴林第三大城市赛特拉的努维德拉特村。一九七四年，完成高中学业后，考入沙特阿拉伯王国利雅得大学工程学院，一九八〇年毕业，获建筑工程学位证书，现在的工作是市政工程师。

一九七八年，艾哈迈德·叶阿古布·尤素福·穆顿开始在巴林的报纸上发表自己的诗歌作品。其诗歌深受现代阿拉伯诗歌的先驱们，如斯雅布、白雅提以及后来的艾杜尼斯·马哈茂德·德尔雅什和萨阿迪·尤素福等人的影响。

其后，他又有机会阅读了许多古代阿拉伯诗人，如穆太奈比、艾布·台玛姆、祖·鲁米、艾布·努瓦斯的诗集和贾希兹的一些书。

一九八四年，艾哈迈德·叶阿古布·尤素福·穆顿在巴林出版了自己的第一本诗集，题目是《写作的清晨》。一九九二年和二〇〇〇年，他的第二本诗集《长在叶片鲜血上的草》和他的第三本诗集《第三个天空》分别出版，此后，他的诗歌创作不断，二〇一七年，又出版了第四本诗集。他所学的建筑工程学为他诗集的外观设计和内页增色不少，一些诗歌的构建中也透露出了视觉之美，除了诗歌本身，诗集中有许多人形和其他几何形状的插图。

从他的第一部诗集中，可以看到他的"创作焦虑"，即他尚未完全熟练地使用他的表达工具，未能完全掌握表现在音步完美上的外部韵律。但是，他没有放弃，而是继续在音步诗歌的框架下努力，而没有走向散文诗的创作。

在他的第一部诗集里，他将很大的注意力集中在深刻描写农村景象和对于农村的记忆里。

写作的清晨与道路 [1]

> 我们不同时节里的鲜美，
> 这索求的静寂，
> 像我们的一次睡眠，
> 杀死我们字里行间的生命，
> 追寻我们的踪迹……

身体向我问候早安吗？
像觉醒的燃烧，
或像瞌睡的熄灭。

美丽的莅临和我的面颊
双手相握，
用它详尽的细节把我淹没。
我从吃惊的瞬间把最早的时刻剥离，
清晨空空，
疑惧燃烧我的门扇，
抛下露滴。
在双颊与睡枕之间，
我精神的一片雨云，
降下雨一滴……
一滴……
燃烧的一滴。

1　选自诗集《写作的清晨》。诗中的方框是诗人自己所加。

思念的小树在我面前长高，

写下了这支歌曲：

我们的枝条在这里，

字符在我们周围长起，

我们学习如何腾飞?!

一条条街正在咽气，

由于穿行

和烟团的聚集。

石块摸着步伐的脸庞，

荫影如同拥抱的暖意。

从脚足踏着的渴望的梯级，

沙子的歌声升起。

腰肢颤动的女人，

像我们的一次酩酊醉痴。

小学生们在这里开始，

把他们的诗歌编写。

这空白的秘密，

和书包装着的面包和梦，

把这白色开启。

我的热切是男人的主宰，

我必须这般神魂颠倒，烦乱心意，

街道和清晨是如何将我分割，

城市的门槛将我抛掷。

这是一个空地，

还是行行字句?!

单词在他身体上徜徉，
身体的忧伤
正把字母抚慰？
从他双手跌落的是哭泣的鸟雀，
还是童年头上的妄自尊大
和初学的书籍？！

一幅图画在人行道徘徊，
在一座座门前求荫乘凉，
雨带着灰尘把它淋漓。
男人们的问候摇它入睡，
他们探查着夜露的面孔，
他们杀死天光白日。
现在，夜露倾尽，
他们是劳累的存积
和茫然失措的殷勤，
清晨开启。

这写作
能让我完成吗？
还是一张纸页
在给予和阻止我之间交替！！

一九八三年十二月

（王复　译）

163

农 民（节选）

他计算寿命，

手中是一束椰枣叶柄。

一个个夜晚皆是突然降临……

他把自己投入笼罩身形的阴影。

他记写当天的天气，

把酷热向正午里装盛。

他使自己身体的轮廓依靠着对面的墙壁。

这是热爱和迷恋，

获取时日是不安和忧虑，

这里的记忆悲惨不幸。

一九八五年二月八日

（王复　译）

法齐娅·穆罕默德·阿卜杜·拉合曼·桑迪

（一九五七年至今）

出生在巴林麦纳麦。在国内结束了高中学业后，她考取了埃及开罗大学商业学院，于一九七七年获得商经学士学位，毕业后，一直在银行系统工作。

一九七五年，法齐娅·穆罕默德·阿卜杜·拉合曼·桑迪开始进行诗歌创作。一九七九年至一九八〇年间，她开始在巴林、海湾及其他阿拉伯报纸上发表自己的诗作。她第一首成熟的诗歌是《在心中闪光的祖国》，发表在伊拉克的《笔》杂志上。

一九八四年，她的第一部诗集出版，题目是《觉醒》，这部诗集中的诗歌是一种散文诗和韵律诗的混合体。

一九八六年，她的第二部诗集出版，题目是《我看见周围的一切了吗，我讲述发生的事情吗》。与第一部诗集相比，第二部诗集代表了她诗歌创作中艺术上的成熟时期。

目前，在巴林，除了散文诗的开拓者加希姆·哈达德，法齐娅·穆罕默德·阿卜杜·拉合曼·桑迪可谓最杰出的散文诗诗人。在巴林的当代诗人中，最早开始写散文诗的是伊曼·艾斯丽，而法齐娅·穆罕默德·阿卜杜·拉合曼·桑迪和加希姆·哈达德都实现了对她真正的超越。

在心中闪光的祖国 [1]

我的爱人，
这生长在我心中的带刺的花朵，
夜晚制造着悲伤，
在死者身躯上弹奏的祖国，
还有从我身体流出的忧虑的灰尘，
啊，都是刺青的印记，
像生育之神刻在血液上……

啊，我的祖国，
这怀孕的焦渴的土地，
被签封在时间奴隶的尾巴上，
几乎被叫作我的祖国。
吃惊在这轮回曲里燃烧吗？
轮回曲取自字词的销魂，
和聚会的馨香。
吃惊在燃烧吗？
我爱人的面庞是气喘的梦想，
钟情穿越恐怖空想的走廊，
探寻血的河流结出果实的时间。
或许，它能把乌云的温暖送给干渴的树枝，
温暖漫溢，去拥抱祖国里恋爱的人们，
那里，刽子手正暗杀着诗人
对水流之声的渴望。

我的爱人，

1　选自诗集《觉醒》。

我的声音正在走来，从宇宙乌云的后方，

从太阳的记忆里，

从一个孩子的双眼里滚动的祖国

走来，

让这大海重拥神圣，

把纯洁还给爱的高尚，

让被遗忘在算命先生黑袍下的

恋爱人们的史诗伟大堂皇。

啊，我的祖国，

啊，这在我心里伸向尽头荒原的痛伤，

啊，一双双手，用老朽桎梏

画出的桥梁，

而那些桎梏仍然阻障着祖国眼前的光芒。

我的祖国，

在客居地之夜的沉默中，

我的灯是我的忧伤，

我的字符是意愿的凿子，

我的鲜血仍在流淌，

在你的双眼里绘画着我爱的人的

面孔和太阳。

鲜血流淌，在我心里闪光。

我的爱人，

明天，被流放的光芒会来到你身旁，

在那诞生罪孽的晚上？

欢庆睡眠婚礼的祖国

光明会来到你身旁？！

（王复　译）

一首悬诗 [1]

悬挂着，在我面前，带着它的装饰和精美，

蘸着金水，镶嵌着双关语之石和丝绸的韵律，

和聪颖象牙的高贵，

和谐有序，不容猜想和置疑，

精心驱赶着诗行，像一支驻足的驼队，

韵脚像壮实的骡子，

无所疑惑，无须回顾，

精致有序地分散在牧场里，

像一个个容器有序。

在欧卡兹 [2]，它的字符摆动，

像卖弄风情的女奴，

在哈里发王宫失去自由，

可它，仍是悬诗一首……

（王复　译）

1　悬诗：阿拉伯古典诗歌的珍品，出现在阿拉伯文学的蒙昧时期。阿拉伯
　　六七世纪早期诗歌的代表，对后世诗歌的发展产生了深远影响。阿拉伯语
　　称作"穆阿莱葛特"。所谓"悬诗"，字面意思是"被悬挂的"。古时的说
　　法是：贾希利叶时期，每年"禁月"在麦加城东一百公里处的欧卡兹集市
　　上举行赛诗会，各部族的代言诗人竞相前往参赛，每年荣登榜首的诗作以
　　金水书写于亚麻布上，悬挂于麦加克尔白神庙墙上，作为奖励，故称"悬
　　诗"。
　　这首诗选自诗集《我看见周围的一切了吗，我讲述发生的事情吗》

2　欧卡兹：阿拉伯半岛贾希利叶时代（蒙昧时代）在麦加附近范围最大、时
　　间最长的定期集市。据历史记载，欧卡兹集市的地点在麦加东南方向的奈
　　赫莱和塔伊夫之间，离麦加约三天的路程。欧卡兹集市每年举办一次，伊
　　历十一月初一开市，二十天后移至离麦加较近的麦杰乃，十天后移至麦加
　　最近的佐麦加兹，在那里设市八天。届时为朝觐月的初八，即表示朝觐仪
　　式正式开始。

月 亮[1]

这一切与我无关，

它努力圆满，

它洁白高悬，

它高耸宁静，

对爱恋它的人们的傲慢，

和环绕它歌唱的云汉。

最令我兴奋的是，

它灵魂勇猛下泄，

银色的战利品散落在我身边。

（王复 译）

---

1 选自诗集《我看见周围的一切了吗，我讲述发生的事情吗》。

艾哈迈德·穆罕默德·麦尔浑·阿吉米

（一九五八年至今）

　　出生在巴林的德拉兹村。一九七六年中学毕业后，考入科威特大学。但当时的政治环境不允许他完成大学学业，他被迫返回巴林，开始在银行业做职员。

　　二十世纪八十年代，艾哈迈德·穆罕默德·麦尔浑·阿吉米出版了第一部诗集，题目为《那只是一次显现和梦境》，包括三十三首很短的散文诗。

灯　影[1]

它晃动，在死人的上方，

白昼的气味像模糊的啸吼，

那些浮肿的身体，

粘贴在它一个个彩虹般的交叉处。

像冰雪凝结心头，

它晃动俯视依旧；

像故乡的忧愁，

背叛的宁静不能熄灭它的光明如初。

（王复　译）

1　选自诗集《那只是一次显现和梦境》。

清　算 [1]

我不能忍受没有河流的王国，

石块任由黄色鸟喙搬动，

去建设喷泉和诗歌，

白净的天空任我字落。

我的欢乐是一辆破车，

正午，成熟的象群拥挤怒吼。

我的妻子在语言上与我相似，

夜幕里采集着天使一个又一个。

一个个字母跳了起来，

它被种植在塌陷床榻的残破处。

这发怒的伤痛摧毁着真实，

在战争的天际，坟墓的双翅已经变干，

在我的面庞，气候的森林已经枯黄，

光亮在杯盏的坟墓里凝固，

我饮入，我死去了，

我双臂搂抱的森林已被淹没。

（王复　译）

1　选自诗集《那只是一次显现和梦境》。

译后记

（一）

二〇一七年初，我和一些朋友说，我承担了编译巴林诗歌的任务，有人笑着问我：巴林？那么小的地方有诗歌吗？

这使我想起了巴林首任驻华大使侯赛因·萨巴依先生向别人介绍他的国家时说：我们国家很小。但是她拥有两个大海[1]。说完，他诙谐地笑了。

二〇〇八年夏天，受巴林国家研究中心的邀请，我第一次踏上了巴林的土地，在那里，我真的看见了两个大海：一个以浩渺之洋拥抱着巴林；一个以漫溢的文化氛围笼罩着巴林。

八月，是巴林的艰难时节，海湾地区的酷热使生活和工作的节奏变得缓慢。邀请方希望我做一个介绍中国文化的讲座。炎炎烈日，有人听吗？

有！一个大会议厅挤得满满。没有特别的组织和安排，只是贴在街上的海报，就使人们蜂拥而至。面对我因意外显露出的惊叹，讲座的主持人，巴林《民间文化》总编阿里·哈利法博士说："我们巴林人想了解中国，喜欢文化，更钟情诗歌。"

弹丸之地上的人们钟情诗歌？

夜幕初降，我和朋友徜徉在巴林海边，微波轻泛，尚未排山倒海。待夜色稍浓时，竟响起了浪奔之声，渐涌渐狂，似在催动新的生命，也许这就是那诗行的诞生：

> 我是大海里的采珠人，

1　巴林是阿拉伯语"大海"的双数名词的音译，意思是"两个大海"。

辛勤和坚毅将我伴随。
我与狂风共同生存，
下潜上游从不停顿。
……
我是波涛、风暴之子，
是黑暗和黎明的后裔，
我与风暴搏击，
我放声岁月的初始，
我目睹大海深处的鲸鱼，
奔跑着游弋。
我永远不会惊慌恐惧，
面对惊吓轮番打击。
暗夜漆黑，
我的船奋勇前进，
在波浪和岩石间穿行。
仿佛它从不知道，
风暴狂怒的威力。
安静弥漫胸怀，
心臆间跳动着希冀。

我开始以一种内心的激动享受巴林的大海。不由得在极目之处抬头仰望。渺渺云汉，众星尽展。那深邃和高远怎能不激发思想的悠远，怎能不让那里的人们把他们崇拜的星辰歌唱：

你是我天空中的明珠，
吉光熠熠闪耀在我身旁。
夜因你而静谧，
发丝柔顺，衣袖闪光。
多少个夜晚我将你仰望，
无意一切歌唱。

……

176

云汉悠远，群星点点，
你使黑夜益发光灿，
直到黎明放眼展望，
开始美好希望。
我把你奉为榜样，
带我灵魂升华高尚。

不仅仅是这浩瀚大海和这灿烂星光给了我编译巴林诗歌的勇气，更是那小小国家里的人们对祖国的大大的爱。阿里·哈利法博士就对我说过：巴林是海湾的明珠，她有蓝天、碧海，有沙漠，也有绿荫，这画意是上苍所赐，赋予了我们心中的诗情。我们艰难时长啸诗歌，我们战斗时咏诗激情，我们幸福时更不忘诗句的隽永。但我们不张扬。

这使我想到了巴林的"一棵树"：在巴林首都麦纳麦不远的沙漠里有一处著名的景观，那就是一棵树，独处沙漠，周围无花无草，亦无水源，但柯枝繁茂，伸展如盖，来来往往的人们总爱在它的树荫下休息。没有人知道它的历史，只说久远，堪称一处奇景。也许是它滋养了巴林人心中的诗情，顽强的生命、深深的思索和热烈亦温柔的诗情。因此，我们在这本诗集里既可读到巴林采珠人的豪放，亦可看到他们的艰辛；既可读到巴林人为自由而战，亦可看到他们对祖国深沉而热烈的爱；既可读到他们对生命的思考，亦可看到他们对生命的热爱和对爱情与亲情的赞美与表达……他们的心是一个大海，涌动着诗情的大海……

（二）

在诗海里采珠太难了，何况是在一片陌生的海域。我对巴林诗歌的了解也只是始于二〇〇九年，之后，忙碌的工作使我无暇赏诗，加之国内关于巴林的资料太少，故虽有贸然接受任务之勇气，却发现可参考内容甚少。幸亏有世界知识出版社出版的由上海外国语大学王广大教授著写的《当代巴林社会与文化》一书，使我对巴林的历史文化有了更多的了解。还应该感谢北京大学仲跻昆教授，允许我将他翻译的两段巴林诗歌纳入这本诗集。天津外国语大学亚非语学院副院长朵辰颉副教授为我提供了一些巴林诗人的资料，在此一并感谢。

特别要致谢资深翻译家、原中国电影公司的陆孝修先生，虽已八十五岁高龄，仍帮助我翻译了这本诗集中的部分诗歌，令我深受感动，定将永怀敬意。

编译一本巴林的诗集在中国出版，我心释然，相信因为对巴林诗歌的了解定能增加我们对"一带一路"上的"海湾明珠"的认识，使我们彼此民心相通。

王　复

总　跋

经过两年多时间的筹备与组织，"'一带一路'沿线国家经典诗歌文库"终于将陆续付梓出版，此刻的心情复杂而忐忑，既有对即将拨云见日的满满期待，更有即将面见读者的惴惴不安。

该项目于二〇一五年下半年开始酝酿，其中亦有不少波折和犹疑。接触这个项目的所有人都无一例外地认为，这是应该做而且只有北大才能做的事情，也无一例外地深知它的难度。

"一带一路"跨度大、范围广，多语言、多民族、多宗教、多文明交融，具有鲜明的文化多样性特征。整个沿线共有六十余个国家，计有七十八种官方或通用语言，合并相同语言后仍有五十三种语言，分属九大语系。古丝绸之路尽管开始于政治军事，繁荣于商旅交通，但其更重要的意义在于促进了人类文明的交往。它连接了中国、印度、波斯和罗马等文明古国，跨越埃及文明、巴比伦文明、印度文明、中华文明的发祥地，是东西方文明交流互鉴的重要通道。

如何更好地展现"一带一路"沿线人民的文化特质和精神财富，诗歌无疑是最好的窗口。诗歌是文学王冠上的明珠，精敛文学之魂魄，而经典诗歌则凝聚着各个国家民族的文化精神和文化理想，深刻反映沿线国家独有的价值观和对世界的认识。长期以来，中国学界和出版界一直比较重视欧美发达国家诗歌的译介与研究，对发展中国家尤其是一些弱小国家的诗歌研究存在着严重忽略的现象。我们希望通过对"一带一路"沿线国家经典诗歌的研究，深刻地了解一个国家，理解它的人民，与之建立互信，促进国内学界对"一带一路"沿线国家文学、文化和文明的了解，弥补我国诗歌文化中的短板，并为中国诗歌走向世界提供思路和借鉴，从而带动与"一带一路"沿线国家的深层次交流，为中国的对外交往和"一带一路"倡议的实施提供人文支撑。

北京大学外国语学院组织国内外相关领域的专家学者，于二〇一六年一月，正式启动"'一带一路'"沿线国家经典诗歌文库"项目。该项目以北京大学人文学科的优良传统和北大外语学科的深厚积淀为基础，以研究和阐释"一带一路"沿线国家厚重的历史、文化内涵为己任，充分发挥本学科在文学、文化研究领域的传统优势和引领作用，积极配合和支持国家的"一带一路"倡议，为中外优秀文化的研究、互鉴和传播做出本学科应有的贡献。

北京大学外国语学院牵头组织的"'一带一路'沿线国家经典诗歌文库"项目，旨在翻译、收集、整理和编辑"一带一路"沿线六十余个国家的诗歌经典作品，所选诗歌范围既包括经典的作家作品，也包括由作家整理的、具有广泛影响力的史诗、民间诗歌等；既包括用对象国官方语言创作的诗歌，也包括用各种民族语言创作、广泛传播的诗歌作品。每部诗集包括诗歌发展概况、诗歌译作、作者简介等三个部分。

在此基础上，形成由五十本编译诗集构成的"'一带一路'沿线国家经典诗歌文库"第一批成果，这将弥补中国外国文学界在外国诗歌翻译与研究方面的不足，特别是对部分"一带一路"沿线国家的经典诗歌开展填补空白式的翻译与原创性研究工作具有重大意义，同时对沿线诸多历史较短的新建国家的文学史书写将具有十分重要的价值。

该项目自启动以来，先后成立了编委会和秘书组，确定项目实施方案、编译专家遴选以及编选的诗歌经典目录，并被确定为北京大学一百二十周年校庆的重要出版项目之一，得到学校、校友及社会各界的大力支持，建立起以北京大学外国语学院为核心，汇集国内外相关领域知名专家学者、翻译家的翻译、编辑团队，形成了一个具有高度共识和研究能力的学术共同体。

在这个共同体中的每个人都是幸福的，与诗为伴，以理想会友，没有功利，只有情怀。没有人问过我们为什么要做，每个人只关心怎样可以做得更好。无论是一无所有之时还是期待拿到国家出版基金支持之日，我们的翻译团队从没有过犹豫和迟疑，仿佛有没有经费支持只是我一个人需要关心的事情，而他们是信任我的。面对他们，我没有退路，唯有比他们更加勇往直前。好在我一直是被上苍眷顾和佑护的人，只要不为一己之利，就总能无往不胜。序言中，赵振江教授说了很多感谢的话，都代表我的心声，在此不再重复。我想说的是，感谢你们所有人，让我此生此世遇见你们。如果可以，我还想在此感谢我的挚爱亲人，从没有机会把"谢谢"说出口，却是你们成就了今天的我。

希望通过我们台前幕后每一个人的努力，把"'一带一路'沿线国家经典诗歌文库"项目打造成沿线国家共同参与的地域性的文化精品工程，使"文库"成为让古老文明在当代世界文化中重新焕发光彩、发挥积极作用的纽带和桥梁。

人也许渺小，但诗与精神永恒。

宁　琦

写于二〇一八年"文库"付梓前夜，北京

图书在版编目（CIP）数据

巴林诗选 / 赵振江主编；王复编译 . —北京：作家出版社，2019.8（2019.9 重印）
（"一带一路"沿线国家经典诗歌文库 . 第一辑）
ISBN 978-7-5212-0475-9

Ⅰ . ①巴…　Ⅱ . ①赵…②王…　Ⅲ . ①诗集—巴林　Ⅳ . ① I386.2

中国版本图书馆 CIP 数据核字（2019）第 067415 号

巴林诗选

主　　编：赵振江
副 主 编：蒋朗朗　宁　琦　张　陵
编 译 者：王　复
选题策划：丹曾文化
责任编辑：懿　翎　徐　乐
装帧设计：曹全弘
出版发行：作家出版社有限公司
社　　址：北京农展馆南里 10 号　　　邮　　编：100125
电话传真：86-10-65067186（发行中心及邮购部）
　　　　　86-10-65004079（总编室）
E-mail:zuojia @ zuojia.net.cn
http://www.zuojiachubanshe.com
印　　刷：北京通州皇家印刷厂
成品尺寸：160×240
字　　数：268 千
印　　张：12.5
版　　次：2019 年 8 月第 1 版
印　　次：2019 年 9 月第 2 次印刷
ISBN　978-7-5212-0475-9
定　　价：49.00 元